世界上
有千百种
喜欢

黎琼 著

湖南文艺出版社
HUNAN LITERATURE AND ART PUBLISHING HOUSE

博集天卷
CS-BOOKY

| 15 | 14 | 13 | 12 | 11 | 10 | 09 | 08 | 07 | 06 | 05 | 04 | 03 | 02 | 01 |
|----|----|----|----|----|----|----|----|----|----|----|----|----|----|----|
| 荒原枕星河 | 这是我唯一能给你的时光 | 情歌是最好的礼物 | 半截歌 | 等爱漂流成海 | 告白予行练习 | 蝉声陪伴着行云流浪 | 老表的故事 | 失恋阵线联盟 | 梅子黄时雨 | 为你写诗，为你节食 | 等一个晴天 | 三行情书 | 你的爱意，万物不及 | 南风以南 |
| 178 | 169 | 164 | 144 | 136 | 126 | 118 | 108 | 102 | 088 | 080 | 072 | 056 | 046 | 020 |

这个世界并非那么糟糕，

虽然我不曾和你下雨天满世界地奔跑，

虽然我们没有实现开着车听风在耳边呼啸，

虽然上帝最终没能让有情人的结局如愿以偿，

可是和你待在一起的短暂的每一分一秒，

都是我认认真真、用心陪你走过的时光。

错过了一个人，徘徊在两条马路之间，也许再纠结的日子都会被冲散变为流云，可是最好的时光里，谈情说爱的岁月，我却失去了他。

爱过一个人，一生一世都为那个年纪的所有过往而着迷。

也曾少年，也曾辜负昨天。

相遇的意义，是即使身边有无数的人路过，而那个瞬间，都会变成此生最重要的东西。

喜欢一个人，愿意拼了命为他付出很多很多，想知道他的冷暖，参与他的喜悲，喜欢让一个人变成了另一个人的影子。

我们都不会孤独很久的，

万千花树总有一株会凋零，

四季相交总有一季漫长的冬天，

缓缓踱步，

一定会迎来相携的人，

走完剩下的路。

时光终于把一件事送走，只留下一个寂寞人，

所以我们故意站在原地，却只能回头。

# 这个世界有千百种喜欢

毕业到现在，我一共参加过婚礼十八次，满月酒七次，礼金总计近万元。

我的初恋情人结婚那天改了 QQ 签名，写着：今日娶良人，谢你当年不许之恩。

我的发小被她共度了七年之痒的男友当众求婚，在烟火和鲜花里含泪点头。

我身边那些性格大大咧咧、喜欢穿衬衫牛仔裤的朋友，明明每年情人节都要加入情侣去死团，说着一起孤独终老的誓言，现在竟然统统都耐人寻味地拍了拍我的肩膀，对我说：对不起，我们还是不等你了。

因为要等待的人终究出现，接下来的余生要一起携手徒步人海。

至此，我不得不庆幸一件事，就是我身边所有认识的人，全都找到了自己的那份喜欢。

尽管现在的我还是单身一人，但我一直坚信，有种喜欢的热情，永远不会熄灭。

记得我第一次恋爱是早恋，高三的关键时期，在学校不敢和对方说话，课间在走廊偶遇的话，会小心翼翼地与他擦肩而过。还有一次是大学时，对方是个摄影师，跟他一起四处拍照，毕业分别，直到现在抽屉里还保存着一大堆车票的票根。当然，也遇到过渣男，被对方欺骗了感情，浪费过一段不短的时间，分手之后再无相逢之日。

当年的青涩甜蜜，一无所有却甘之如饴的年纪，那些所有的感觉，现在同样会在哪一秒钟里不经意地出现。会让你在茫茫人海里再遇见谁，便冲动得难以自持；会为某件小事感动到大哭一场；会在某个春风和煦的午后，愿意安静地陪谁度过一整天。

我写过的故事不算多，而这本书的存在意义，就是希望读它的人，心里都怀揣着那一份喜欢。有一个爱人，哪怕他此刻不在自己的身边；有一段回忆，哪怕它不那么惊天动地；有一份感情，哪怕它曾经撕心裂肺。都不要放弃。

书里面的十五个故事，有的写了我自己，有的描绘了我希望中的自己，有朋友的经历也有听说过的故事。很多结局不算美满，情节也不歌颂爱情，只关于在茫茫人海和千山万水中寻找适宜彼此的那一种纯粹的"喜欢"而已。我相信这里面一定会有人能看见曾经的自己，也能明白，直到身边出现了那个命中注定的人，才发现好像真的欠了谁一个岁月。

然后，为了那个人留了长发，穿上裙子，为他舍弃今后所有的动心，奔赴另一片只有他的未来的风景。就是这种喜欢，可以一起从陌路走向山峰，遇到任何艰险，都不会再逞强和畏惧。


直到现在，我依然忙碌地奔赴在去往各个婚礼、满月酒的路上。走过很多路，错过很多人，苦恼过单身这件事，但即使这样，也不随意丢弃喜欢的能力。大概人生里必定有几场电影，是朋友不能陪你看完的，有很多崎岖的路途，也无法一个人走，但是一定会有那么一个人，他消失，你的全部也都会随之消失。站在河流的中央，等过客都匆匆而过，在飘摇的急流里，等待迎来温柔的微笑与初晓，那个人，一定会在繁花满地的彼岸等你。

我们的一生里，无数的人来了又走，深夜唱过许多苦情的歌，为爱痴狂，为爱受苦，而这个世界上所有掌管着姻缘的神明，终究都会为你安排一个可以陪伴你度过漫长一生的人。

我把我所有的喜欢，都放在这本书里送给你了。

这个世界有千百种喜欢，愿你我都能找到彼此相匹配的那一种。

黎琼

2016 年端午

# 01

## 南风以南

　　吴桐上大学前整理行李，她母亲从旧箱子里翻出两张照片，询问她要不要一起带走。照片里是那个少年正直的脸，穿着整齐的校服，灯光照在他的肩膀上，笑意无邪。那是她当年路过校板报的时候，偷偷从上面揭下来的，最底下还有日期，写着"2006年高三百日誓师大会"。吴桐这才反应过来，原来距离自己的十五岁，已经过了那么久了。

　　——那时候南国街的夏天，总是从木棉花落尽之后开始的。

　　刚步入初三的吴桐在晚自习前喝了过量的奶茶，第一节课下课就觉得胃里翻江倒海。她犹豫着要不要请假去西教学楼的校医室看诊，倒不是因为女魔头班主任正襟危坐地在讲台上盯着他们，而是同桌一把拉住了她，好心提醒道："校医室在高中部哎。"

　　吴桐欲奔走的动作停止了，没错，这所学校初中部和高中部之间，一直有着不可逾越的鸿沟。那些说不清的恩怨情仇，具体事件发生的年限，甚至久到吴桐还没来这所学校之前。吴桐的同桌是学校的小学部直升，曾经和她解释过："还能因为什么，不就是划地盘、争老大，什么高中部归你管，初中部归我管，划定楚河汉界，从此井水不犯河水。"

"幼稚。"吴桐虽然表示抗议，但是在那个满腔热血的年代，每个班级都团结得可怕，不许外班生踏进自己教室一步，不许别人欺负自己班的同学，比赛拼名次，期末拼成绩，打架拼人数，这就是每个人都经历过的读书生活。

"没办法的。"那时候同桌煞有其事地补充道，"高中生看不起比他们年纪小的初中生，初中生看不惯高中生的傲气，是种恶性循环。"

可是，即便如此，成长成为充满热情和闪闪发亮的高中生，还是美好得让人向往。

从吴桐的位置看出去，楼下栽种了一排木棉树，他们和西教学楼中间隔着一个红色护栏的天桥，取名为海蓝桥。那一头总有灯火通明的教室和肆意的笑声，仿佛巨大夜幕中令人心动的星空。坐在这边的每一个人，时常会不由自主地看向窗外，越过旗帜和栏杆，期待着自己终将迎来的高中时代。


"报告！"吴桐苦撑了半节课以后，终于缴械投降，在女魔头怒目的神情中离开教室。

擅自闯进高中部会有什么后果，最初吴桐还没仔细想过，她认为无非就是被起哄或遭到眼神的藐视，最差也就是被扔一两颗粉笔头，幸好现在是上课时间，掠过操场的只有一阵阵蛙鸣和读书声。

校医室在一楼，旁边的几间教室都在上晚自习，吴桐小心翼翼地走过去，尽可能藏身在昏暗的走廊不引起注意。学校的教室都是按年级排的，高年级在上层，一楼是高一，她不时侧头打量里面或吵闹或安静的新生，即将绕过转角的时候，她忽然在一间教室的窗边停了下来。

那间教室后面有一幅充满气势的板报，不是那种严肃正经的宣传栏，而是画着一个华丽的漫画人物，旁边还有个性的彩色涂鸦，跟自己班里那些无聊又弱智的黑板报相差甚远。吴桐被吸引住了，她眯起眼睛努力看清了板报后面的落款，上面秀气的字体写着：徐延里。

很多时候，年少的记忆，是从一个名字开始的，无论再过多少年，只要想起来，仿佛就能看到对方仪表堂堂的样子。那时吴桐只觉得这名字有些熟悉，她失神的空隙，有人从里面敲了敲玻璃，一个坐在窗边的男生朝吴桐挥了挥手，他顺着吴桐的视线回头看了看身后的板报，然后笑起来小声道："那个是宇智波佐助。"

"嗯？"吴桐这才回过神。

面前是一个刘海剪得碎碎的男生，长得干净秀气，笑起来眼睛弯弯的。吴桐有些诧异，那个男生又说了一次："板报上那个人物，叫宇智波佐助，喏，就是这本。"

他从窗口递出来一本书，封面上写着《火影忍者》，吴桐不明所以地接过去，那男生侧着脸轻声道："借给你了，帮我保管一下。"

话音未落，讲台上就传来了老师的怒吼声："徐延里！把你手上那本漫画给我拿上来！"

男生朝着吴桐使了一个神色，然后装着无辜地从位置上站了起来。吴桐也不知道自己为什么就领会了他的意思，夹着那本书飞快地逃离了走廊。

那个晚上就这样变得十分慌乱，名叫徐延里的男生被老师叫上讲台抄书，直到吴桐跑远后，回过头依然能看见那个高大的身影，伸手在黑板的顶端开始写下一行行的字。

夏末的夜风穿过树梢和草地，忽然欢愉的时光，吴桐走过那条被指"初中生止步"的海蓝桥，她边不舍地回头看，一间间教室里整齐的夜灯，真是壮观得让人憧憬的画面。吴桐在想，即使与一个人相交的缘分少之又少，可是每个不经意的时刻，依然有不计其数的相遇正在发生着。

并为此相遇，感到确幸。

课堂上的声音在即将下课时变得有些嘈杂，吴桐把双手藏在抽屉里，偷偷地翻开那本漫画，大概是印刷的质量不够好，散发出一股油墨味。吴桐在书封上看到了学校隔壁书屋的印章，还写着要归还的日期，应该是从那里借的。她一页页地看，没有特别注意剧情，只专注那个叫"佐助"的人物，黑色的碎发，长相帅气，天资非凡——像他一样？

吴桐向前座后座打听，结果同桌差点跳起来："徐延里？"

"就是校报大赛蝉联三年冠军的那个嘛。"同桌回答道。

"对，学校画廊的板报都是他画的。"另一个人插嘴。

吴桐一向对课外的事情鲜少关心，被她们提醒，才想起好像路过画廊的时候，的确看到过他的名字，难怪她觉得有些熟悉，她忍不住道："我一直以为那是学校美术老师的杰作！"

第二天下午下课，吴桐抱着尝试的心情跑到了隔壁的租书屋。正值夏日灿烂的午后，有响亮的光和热，她一眼就看到了，站在书屋门前穿着白色校服的男生带着一身温暖的感觉。他果然在这里，吴桐有些惊喜，只见他一只手拎着书包搭在肩上，一只手拿着瓶可乐，看见吴桐跑来，热情地朝她挥了挥手："这边。"

吴桐气喘吁吁的样子，让他笑得眼睛弯起来："真聪明啊，还能找到这里来。"

"真是万幸。"吴桐小声说着，抬眼偷偷去打量他的脸，被逆光圈住的细碎发影，皮肤像透明的一样，眉毛浓浓的，走势整齐。吴桐从书包里小心地拿出那本漫画书递给他，他的指节很细，接过去的时候，吴桐想，那真不愧是一双会画画的手。

"谢啦，正好赶上归还的日期。"徐延里看了一眼吴桐的校徽，吴桐下意识地紧张起来，但他没说什么，拍拍她的肩膀，"走，请你喝饮料，这家店的老板我认识。"

吴桐有些受宠若惊，迟疑了一会儿才回答："谢谢。"

这家书屋有个俗气的名字，金字招牌写着"黄金屋"，除了可以借阅参考书以外，最里面的一排还有当季新上的漫画和小说。书屋老板年纪不大，把内室装修成了饮料间，还有空调和沙发供人看书，不过只接待熟客，托他的福，吴桐才有机会走进这里。

"小丫头。"徐延里忽然这样叫她，"你要喝什么，旺仔牛奶？"

"随便。"吴桐觉得自己的心忽然漏跳了一拍。

他很爱笑，对人热情，也不是那种无趣的人。吴桐看着他在最后一排书架上挑书，都是些日本漫画，然后顺手给她拿了一本《中学生手册》，让她又好气又好笑。吴桐一开始有些腼腆，只好自顾自地低头喝饮料，倒是徐延里有一搭没一搭地和她聊天，像是相交了多年的好友一样自然无间。

谈话之中，吴桐才恍然得知，原来他是高中三年级生。因为他们班有个腿部残疾的同学，学校为了行方便，就把他们教室安排在了一楼。这跟她心里预想的不一样。

原来还有一年，他就要毕业了。

9月末的夏天已无法散发最热烈的能量，而新学期的人却总是带着最旺盛的活力。吴桐上课的时候开小差，盯着黑板旁边的挂历发呆，从现在开始计算，到来年盛夏，楼下的木棉花只能开两季了。

前座的两个女生又开始数落在小卖部碰到抢光香肠的高中生，怒道："真没礼貌。"

"也有人不一样。"吴桐下意识地说出口，"他不一样。"

她和徐延里时常在书屋巧遇，确切地说，每次都是吴桐带着满心欢喜而去，然后如愿见到他，装着不经意地说一句"你怎么也在"，到后来，就慢慢地变成"你怎么才来"。因为徐延里很好相处的个性，吴桐渐渐和他熟络起来，嬉笑打闹，时常被他逗得捧腹大笑。连书屋的老板都在抱怨，自从来了一个小丫头，徐延里你总把我的店弄得人仰马翻的。

吴桐有次听老板无意间说起，说徐延里其实并没有专业地学过画画，是兴趣加上自学成才，原本打算去考美术学院，但是因为文化成绩太好，被老师给骂了回来。现在的志愿是建筑专业，他们老师说以他的水平，上个重点学校轻而易举。

那时候徐延里正在专心致志地看小说、喝饮料，吴桐偷偷从旁边看他，只觉得这样的人，总是有种气定神闲的自信与魅力，大概也从来不会为情所困、为谁吃苦吧。

快到期中考试的时候，吴桐拎着一沓试卷问他："学校的自习室人太多了，下午放学到晚修的那段时间，不如在书屋自习？"这样的话，和他待在一起的时间，就能变得更长一点。

徐延里扬起一边嘴角，摸了摸她的头："好主意，那我们一起去叫老板管饭？"

自那以后，书屋饮料间的桌布上便写满了他们留下的公式，吴桐计算二次函数，徐延里计算矩阵，到后来，为了给吴桐补习，徐延里也开始计算二次函数，边写边用笔敲她脑袋。老板看到那块桌布后，气得暴跳如雷，于是他们只好跑到书店买回了一沓火影忍者的海报，在老板的监督下仔仔细细地把桌子重新贴好。

徐延里他们班的人看见他时常和吴桐在一起，高中部那边便开始传出一些奇怪的流言。可是吴桐并没有在意，因为她几天前路过公告栏的时候，看见学校公布说，为了节省教室资源和防止作弊，这个学期开始实行高中部和初中部混合穿插考试的方法，同一考场，单数列座位坐初中考生，双数列座位坐高中考生。

这简直是不可思议的消息，势不两立的初高中首次跨越海蓝桥进行历史性的接触，史无前例，这让全校都炸开了锅。吴桐暗暗在心里祈祷，她和徐延里都在各自年级的一班，能分在一起的概率十分大，虽然在一起考试并没有什么，但是吴桐觉得跟他并肩作战的话一定会充满干劲，连烦人的考试都让人期待起来。

期中考试的时候，吴桐被分在第一组最后一排，开考前夕，她的目光不停地注视着进来的考生。没见到徐延里的身影，她难掩失落，不小心把铅笔都削断了。开始考试后，她位置旁的后门被关了起来，铃声一响，她才认命地摇摇头，甩开乱七八糟的思绪努力进入状态。

可是来这边考试的高中生并没有他们那么守规矩，好些开考几分钟后才到达考场。监考老师是个八百多度的大近视，一进门就看报纸，所以不少迟到的人都是在窗口处看了看情况后，就跑去敲响了后门，于是吴桐不得不停下手里的笔走到后面去给他们开门。反复几次，思路时常被打断，这让吴桐有些坐立不安，然后等窗边又响起了脚步声，她不耐烦地回头，却看见徐延里姗姗来迟的身影。

徐延里戴着一副黑框眼镜，胸前的口袋里只有一支笔，走到后门的时候看见吴桐坐在窗边，吴桐刚想站起来给他开门，他却径直走了过去，走到前门喊了一声："报告！"

监考老师放下报纸看了看手表，脸色不悦地教训了他几句才放他回到座位。吴桐紧张的情绪松下来，可是那时她再也无法静下心了。她在他后面的位置，看着他宽阔的肩膀，有些瘦削的下颚线，低头写试卷的时候，额前的刘海低垂下来。那一刻吴桐竟有些莫名触动，他宁愿挨骂，也不忍麻烦她开门，打扰她考试。

这样内心柔软的人，他的世界里一定充满明媚与明亮，即使是很多年后吴桐回想起来，她也依然记得那次考场的阳光，穿透了走廊的花圃，淡蓝色的窗帘，不偏不倚地照进来。那个好心的少年，回到位置的时候偷偷回头，飞快地朝她眨了眨眼睛。


秋天转眼而至，蝉鸣渐小，大地仿佛只剩下如火如荼的黄昏的颜色，树叶落得满地都是。吴桐挑些好看的捡起来，实验课的时候做成书签，送给书屋的老板讨他欢心，她和徐延里就能免费吃到最后一个学期的冰棒。

经过上一次混合考试的体验，据说两部之间的关系缓和不少，甚至还开过几场友谊球赛。可是高中部那边，对于她和徐延里的传言却愈演愈烈。有次做完广播操，吴桐途经小卖部，看见徐延里坐在外面的椅子上，他人缘很好，身边围着几个正在嬉笑的女生。那个年纪的女生已经开始学会化淡淡的妆，扎各式各样的头发，会把校服裙子改到膝盖以上，美好得像一幅画。

而吴桐总是一副简单的样子，头发扎起来，没有烫染，校服也穿得一丝不苟，她在他那些同学的面前感到自卑，没有叫他就往回走。倒是徐延里在人群中发现了她，高兴地大叫："喂，小丫头！"

旁边的那些笑声停止了，她们的目光投过来，开始窃窃私语，她甚至听到她们发出了一声哧笑。从那以后，每次她碰到徐延里班上的人，都会被她们带着嘲讽的语气叫小丫头，久而久之，还演变成了死丫头之类恶毒的攻击。

这让吴桐感到十分低落，她知道徐延里很受欢迎，他们仿佛连续剧里，遭人嫉妒、不被祝福的两个人那样举步维艰。但这些她从来没有跟徐延里提起过，他的世界里满是阳光，他那么爱笑，用温暖化解一切，所以她情愿自己转身去背负这样的阴暗。

徐延里看出她有心事，只是怎么问她，她都绝口不提。下课后他们约去书屋看书，吴桐出现的时候，脸上依然带着笑意，徐延里远远地把校服外套往她身上一丢，加大号的校服便盖住了吴桐的整个脑袋，一阵干爽的清香。

然后徐延里隔着外套抓住了吴桐的后脑勺，边笑边用力地揉了揉："你以前不是说，你小学的时候学过跆拳道？"

"嗯，是啊。"吴桐的声音困在校服里。

"那我以后不喊你小丫头了，该叫你大姐大。"

徐延里把她往前一推："大姐大，天不怕地不怕。"

吴桐怔了一下，尽管她看不见他此刻的表情，可是她依然感受到他的手，正用力地抚在自己的肩膀上。那一刻她竟然有点想哭，他身上的能量仿佛注入她身体一样。对，她什么也不怕，不再惧怕流言蜚语，也不惧怕目光如炬，恶毒的语言伤害不了她。徐延里看不见的地方，她露出了一丝难以自持的忧郁，怕只怕，像他那样善解人意的人，终有一天要离开。

她从徐延里的外套中探出头来，吸了一口气，原来，已经是要穿外套的季节了。

寒风时常从窗口的细缝中吹进来，空气一天比一天凛冽。2月的时候，校园两旁的树变得光秃秃的，校道上也没人骑自行车了。再过半个月，就是高三的百日誓师大会，学校很重视这个活动，旨在激励高三生的斗志，所以早早挂上了旗帜和横幅，让萧条的冬景多了几分颜色。

吴桐下课的时候趴在桌子上，同桌正在滔滔不绝地跟她传授如何曲线救国，例如他们的物理和化学都不好，现在发奋也无法力挽狂澜，只能在语文和英语上加把劲。吴桐左耳进右耳出，奇怪的是，比起自己也即将到来的中考，吴桐竟更关心徐延里的高考。

他出现在书屋的时间变得很少了，去还了最后一次书，请吴桐吃了一碗麻辣牛肉面。回来的时候遭遇大雨，两人只好在面馆的门前躲雨。那时候徐延里的头发剪短了，眼镜一直戴着，他说方便听课。他成绩很好，老师曾说他英语有些偏科，他就花了三周时间把英语冲进年级前十。而他从不骄傲自满，一样会用功苦读，相比起来，吴桐觉得自惭形秽。

她看着冷风夹着雨滴落下，问他："你想好要考哪所学校了吗？"

徐延里点点头："老师说了，如果发挥稳定，去北京应该没问题。"

"哦。"吴桐认真地回答。

他转过头来："那你呢，是直升学校的高中部，还是有其他志愿？"

吴桐只觉得被戳中了心。她成绩不算坏，英语学得很认真，语文一直名列前茅，但是她还能去哪里？没有他的高中生涯那么无趣，他的大学却那么遥远。

她只能装作云淡风轻地说："到时候再说吧。"

雨停了，两人一前一后往回走，吴桐显得心事重重。她在想，徐延里毕业后，还会记得自己吗？他去了北京的大学一定会交女朋友的吧？如果在他毕业以前，自己能够为他做些什么，就好了。吴桐低头无言，分别的时候，徐延里告诉她，在百日誓师大会上，他是他们班的学生代表，要上台致辞。听到这个消息，吴桐的心情才有所好转。

回到班上后她在自己桌子上贴着的日历上圈出那天的日期，同桌瞄了一眼，有些担忧地问："你真的要去高中部的大礼堂吗？"

吴桐坚定地点点头，同桌不屑一顾："那天可是女魔头的课，你疯了。"

窗外的木棉花刚刚开，天气预报说，木棉花开，大冷不再。等纷纷扬扬的白絮再次落下，大地逐步回温，她相识的少年就要启程。吴桐忍不住望向徐延里所在的方向，仿佛在酝酿着什么大事，同桌看到她忽然露出一抹狡黠的微笑，有种不祥的预感。


因为两部之间的关系日渐升温，学校论坛有人发起了"初中·高中破冰大行动"，吸引了不少人参加。而另一边，这个帖子的发起人吴桐，正在自己房间的凳子上晃荡着脚，边跟不断加入的人说自己的方案，边想着徐延里知道后或诧异或惊喜的表情，独自偷笑。

她的电脑旁边，是她亲手给徐延里做的横幅，上面的红字写得有些歪，就只好再用其他颜色补一遍。窗外的风瑟瑟地吹，同每个熬夜做试卷的夜晚没有什么不一样，只是那时，四周要更安静、时间流逝得更快一些。

到了百日誓师大会的那天，等吴桐偷偷潜入礼堂的时候，校长的发言已经开始了。前排坐着老师，后排坐着家长，高三生们穿着统一的校服，直挺挺地坐在中间。台上挂着一百天的横幅和标语，红得刺眼，让台下的人看起来都无比灿烂。

无论何时，这种画面总让人心中涌起一股热血。

吴桐在前一天晚上一夜未眠，徐延里要上台致辞，她竟比他还要紧张。她坐在最后一排的角落，等了一个小时才到徐延里。然后她看着他毫不怯场地走上台，灯光一下子打到了他的身上，校服洁白得耀眼。没带任何发言稿，他的声音跟平时一样随意，但是举止间充满庄重和自信。这个场景，直到后来，也依然时常出现在吴桐的梦中。

灯光渐渐暗下来，第一次掌声响起的时候，吴桐从位置上站了起来。她张开手，拉开那条自己亲手做的横幅。明明她在人群中是那样微小，陷在远离灯光和人声鼎沸的昏暗里，可是台上的徐延里，还是一眼就看见了她。

吴桐的手臂不够长，所以横幅做得很短，淡蓝色的彩纸上面写着红色的字。她做得很用心，甚至贴满了手工的贴纸，但是她从来没想过，上面的字太小了，距离太远根本看不清。徐延里有些诧异，看着台下笨拙地举着横幅摇摇晃晃的吴桐，只好一边继续发言，一边戴起了眼镜。

他很努力地辨认，才看见上面写着的字——愿你保护好青春。

愿你，保护好青春。徐延里一怔，说到一半的话停了下来。他一直认为的最好的青春，应该是像她一样，勇气里带着傻气。他微微低下头，再靠近话筒一些，眼睛看着吴桐的方向，把原本结束语要说的那些鼓励的话临时改了，他说："这场考试，最美的不是即将迎接的梦想，而是和陪伴你追梦的人，一路闯荡。"

"谢谢……"最后这句淹没在雷鸣般的掌声之中，连吴桐都没有听见，徐延里最后说的那个"你"字。

谢谢你。

徐延里走下台，身上的暖光依旧没有熄灭，他的眼神很亮，使他们在汹涌的人群里，依然能准确无误地看到彼此。

散场后，高三生们要去海蓝桥前面的小广场合照。吴桐和徐延里并肩从礼堂走出来，外面还是上课时间，声势浩大的队伍让教室里的人纷纷侧目。吴桐上前一步，转过身一副欲死的表情对徐延里说："我可是逃了女魔头三节课！你要怎么报答我？"

还没等徐延里回答，她就把那条横幅整齐地叠起来，塞进了他的书包："那你就把这个带去北京吧。"

"我不要。"徐延里抗议，"画得这么难看，一定会被人嘲笑的。"可是他尽管说着拒绝，扯回自己书包的那一刻，还是把拉链好好地拉上了。

即将走到小广场的时候，吴桐忽然停住了脚步，她扯了扯徐延里的袖子大喊道："快看！"

徐延里顺着她的手，从海蓝桥上看过去，东教学楼那边的每层走廊上，此刻挤满了人，与他们遥遥相望。接着，那从最高的那层开始往下，每层都有人举起了一个巨大的立牌，上下拼在一起，写着：你，好，高，三，党。努，力，一，百，天。

海蓝桥上的人发出不小的惊呼，人群开始骚动，得到来自初中部不计前嫌的鼓励，高三生们也忍不住朝那边挥舞起双手。下一秒，东教学楼传来了一阵整齐的呐喊声："加油！"

徐延里被那一幕震撼得无法言语。比起那些挂在教室后面冰冷而严肃的倒计时板，比起老师在讲台上慷慨激昂的鼓励，比起坚定人定胜天的信念，这一幕，一定炽烈得在人生尽头依然会历历在目。一腔热血，足够让站在这里的每一个人，只身穿越更难的路途和凛冽。

小广场集聚了越来越多的学生，教室里的人也被声音吸引。对峙了那么多年的双方，终于在今天，将心中那条无形的海蓝桥化为灰烬。好像只要彼此靠近一点点，才察觉得到，十五岁和十八岁之间，从来没有任何距离。一样是骄傲的怒火焚烧的青春，光辉岁月。

徐延里自顾自地轻笑出声，想也知道始作俑者是谁。他侧头打量了一眼得逞的吴桐，现在可是上课时间，不难想象那边的老师会被气成什么样子。可是，这个无聊又可爱的笨蛋，总是为做这种傻事，那么认真地努力着。

四周还在持续哄闹，吴桐的心情前所未有地好，成功了，她简直忍不住想要跳起来，那时她想，这就是我唯一能够为你做的事了。只希望一百天后，你在遥远的地方，也能记得我。她转头盯着徐延里，心里默念祷告。

加油了，高三党。


南方的冬天即将过去，大地回春，树枝上融化的薄霜被映照出一层淡淡的光。紧张的学习和密集的模拟考让一百天变得更加紧凑，即将到来的高考和中考，让吴桐和徐延里几乎挤不出多余的时间，那时仿佛所有的人都埋头在排山倒海的题目里。

唯一见面的地方从书屋变成了考场，两周一次的小考，一月一次的月考。吴桐还是坐在第一排的后面，徐延里在她左前方，每次吴桐都考得特别快，赶在徐延里之前，就是为了上讲台交卷的时候，能从过道中看他一眼，了解他的情况。

她看着那张试卷被徐延里写得满满当当，他是理科生，数学和物理大题写得清晰又规范，吴桐每次看见那些整齐的数字和公式，才能放下心来。

考试结束后，他们能趁着下一科目开考前的空当，一起去小卖部喝饮料补充能量。徐延里瘦了一些，吴桐自知自己的压力不能与他相提并论，也不敢轻易安慰他，只能安安静静地跟在他身边。他们一起晃过海蓝桥，在操场看五分钟球赛，然后在考试铃声中一路小跑回去。

2006年6月7日，微光盛夏，被吴桐在日历里用红笔画为人生中最重要的一天，徐延里高考的日子。过去披荆斩棘的几个月像南柯一梦，终究有人实现，也终究有人化为泡影。吴桐在教室里如坐针毡，看着时钟嘀嘀嗒嗒地走，计算着徐延里回答到这题或那题的时间。

她不敢给他打电话。第三天的晚上，吴桐偷偷瞒着母亲打开电脑，上线后意外地看见徐延里给她留言的消息，他说：我考完了，一切顺利。他还说：接下来到你了，加油。虽然他已不在线，头像灰蒙蒙的，可吴桐还是高兴得眼眶一热。手边堆积如山的考卷，她终于可以安心完成它们了。

高考结束后，高三生们不必再来学校，海蓝桥那头总感觉冷清了不少。吴桐的同桌恨铁不成钢地对她说，这样也好，这样你就能老老实实准备自己的考试了。吴桐这才反应过来，她和他的考试时间只差了二十天。不过那时，吴桐已经跟家里说好要直升学校的高中部，她的综合成绩都不错，老师给她测评过，只要中考分数上线就能顺利直升。

徐延里在这段时间里没有来找她，也许是一身轻松的少年已飞奔去纵情山水吃喝玩乐，也许是跟她当初一样，不敢轻易打扰。吴桐在心里暗暗想，再等她二十天。无论如何，至少到了那个时候，他们还有一个可以心无旁骛的暑假。

炎炎夏日，穿过空中的风变得急促，时常能见乌云携着倾盆大雨而来，吹起漫天花叶。吴桐从考场出来，外面的雨说下就下，她远远看见徐延里撑着一把蓝色的雨伞，缓缓朝自己走来。那是时隔了很久，吴桐才再次见到他，竟让她有种恍如隔世的错觉。少年的刘海长长了，他站在轰轰的雨幕里，笑着跟自己挥手。

"考得怎么样？"徐延里隔着半个人行道就开始问她。

吴桐跟他躲进同一把伞里，先露出一副愁眉苦脸的样子，还假装低头抹眼泪，把徐延里吓了一跳，赶紧手忙脚乱地安慰她："没关系，没关系，说不定没你想的糟糕。"

"骗你的啦。"吴桐眨眨眼睛，咧开嘴笑道，"发挥稳定，数学还被老师押中了一道大题。"

那时的徐延里真的松了一口气，他的眼里，有像吴桐曾经那样的如释重负。他停住脚步，半晌才惩罚式地轻轻敲了她的头，然后把伞再靠近吴桐多一些，清凉的雨滴湿了他的肩膀。

那一年，他们都顺利从学校毕业。晴朗、风平浪静的季节，即使把考试考砸了的人，也会把最真挚的笑容定格在毕业照里。三年的青春与痕迹，就像篮球穿越球框竭尽全力的一秒，就像粉笔擦过黑板时掉下簌簌灰白的尘埃，就像升旗仪式结束后，那一刻由静到动的画面。阳光徐徐，人事匆匆，短暂的意义在于盛年永远不重来。

徐延里如愿拿到来自北京的录取通知书，吴桐也顺利晋升学校高中部。那个暑假，他们像从前一样去书屋看漫画，去冰花城吃冰花，还一起去森林公园骑了脚踏车。可是，对于吴桐来说，他们不是一个班的，不在一个年级，她无法让他写同学录，无法光明正大地索要相片，也不能勾肩搭背去拍毕业照。她只差他三岁，他也从未当她是孩子，但这小小的距离和步伐，绝非她努力就能赶上。

有一次，吴桐路过学校宣传栏的时候，看见那里有两张徐延里的照片，在百日誓师大会上发言的他，即使在相片里也那样耀眼。她趁四下无人便偷偷撕下来，晚上把它贴进自己的日记里，不自觉地往前翻了翻，才发现满满一本日记，写的竟然都是他。

也许在她不知不觉的时候，就爱慕着那个少年了吧。是从什么时候开始的呢？大概是楼下的木棉树开始绿了，她担心树叶即将坠落的时候；也许是天气预报里说今年将迎来史上最大寒潮，她开始想要学习打围巾的时候；也许在她从那个窗口夹着那本漫画书逃跑，回头看见有个男孩晃晃荡荡地走上讲台的时候；就深深地爱慕着他了。

每次她露出不舍的表情，徐延里就跟她说："就算我去了北京，我们还是可以联系啊，除了打电话，还可以视频。"

"那么三年后，我也要去北京。"吴桐暗暗发誓，跟他约定。

徐延里临走前，她说，你在北京，要做好迎接我的准备。他回答，好。那个时候，她就知道自己需要拼了命地努力，需要奋不顾身，需要把高中三年全押在那里，才追得上他。

9月初，吴桐高中开学，徐延里抵达北京。

没有他在的学校，每天都发生着细微的变化。重新回去带初一的女魔头结婚了，性格骤然变得和蔼可亲，所以新生根本无法想象她曾经暴跳如雷的样子。学校板报在新学期开始后也被重画，跟他迥然不同的画风，是老师们喜欢的欣欣向荣的样子。还有他们曾经一起待过的书屋，现在老板除了增加漫画的书架，还开辟了一片音响区，每天播着摇头晃脑的音乐。

最重要的是，初中部和高中部形成友好邦交，不再幼稚地针锋相对，会一起打球，和平共用自习室，食堂的座位也不再划分区域。不知道是混合考试的功劳，还是当年东教学楼那一声壮观巨响造成的改变。如同羸弱的力量推动纷乱的时光齿轮，渐渐的，木棉依旧，物是人非。吴桐想，这真是一觉醒来就翻天覆地的变化。

他们时常通电话，分享一些微不足道的小事。吴桐当了他们班的文艺委员，最大的任务就是设计每个学期的黑板报，经常跟他讨教。徐延里大一进了美术社，三个月就当选了社长。吴桐在电话里说："我们兴趣相同，志愿一致，就连每个月的零花钱都花在同一个地方，以前用在租漫画，现在花在话费上。"

逗得徐延里哈哈大笑，他说："之前读了一首诗，诗里说，'从前的日色变得慢，车，马，邮件都慢'，如果分隔两地的人，都能像现在这么方便就好了。"

吴桐停顿了一下："这首诗我也看过哎。"那句话的后半句是，一生只够爱一个人。

高二的那年，徐延里趁着国庆回来看她。他们在书屋附近闲逛，有路过的同校学生，认出徐延里后开始窃窃私语，吴桐听到他们的对话："那不是学长吗？蝉联板报大赛那个，他毕业以后学校的板报可真无聊。"

"那个女的是谁？"

"一班的班花？"

不知道何时起，针对他们的话语，不再是让吴桐无地自容的流言蜚语，而是能让她昂首挺胸走在他身边的赞叹，她终于能骄傲地迎着他们的目光微笑。吴桐已经出落成漂亮姑娘，刘海修剪过，校服换了新的款式。可是等她已经足以跟他并肩站在一起，他却没有在她身边。

高中的日子索然无味，吴桐投身在学业中，虽然因为坚定的信念使得成绩有所长进，但还是差强人意，所以压力与日俱增。轮到她高考百日誓师大会的时候，徐延里在前一天晚上给她留言，他说，尽力就好，只希望你多年以后回想起来，不会觉得自己辜负了这个最好的年纪，这场最年轻的战役。

吴桐一晃神就回到了那天，她在礼堂最后面，傻兮兮地举着横幅，直到手臂酸痛也固执地不肯放下，台上的徐延里对着话筒说，陪伴你追梦的人，一路闯荡。她想，如果徐延里在她身边就好了，像当年考试的时候，看见他在自己的左前方，就能下笔有神。

可是，真的不是所有不顾一切的努力，都能换来美好的结局。高考结束，查完成绩的那个晚上，吴桐躲在被窝里号啕大哭了一夜。离重点线还是差了十多分，终究与北京，与徐延里失之交臂。她揪心地想，她初三的时候他高三，她高三的时候他大三，明明只差了三岁，为什么从他毕业的那一天起，他们之间的距离就变得越来越远了呢？青春不回头，未来追不上，为什么偏偏就是她做不到呢？

后来这件事，她只跟徐延里轻描淡写地说了一句："你可能要多等我一年。"

徐延里念的是建筑，要读五年，吴桐也不知道自己是否经过深思熟虑，那天晚上，她就那样决绝地对父母说，她决定复读。虽然以她的成绩，在本市读一个好大学轻而易举，甚至还能选自己喜欢的专业，但她攥紧拳头，眼眶通红，倔强地仰着头一字一句地说要复读。

吴桐的老师评估过她的成绩，说她属于超常发挥，再读一年也未必能如她所愿，说不定还要更糟。老师和父母都不建议她复读，而她还是不为所动，第二天就去报了进修班，甚至决定疯狂补习英语，想着能以特长生的身份考进有他的学校。

这些事，她始终没跟徐延里提起过。就像她当年被他们班的女生中伤，她也没有一刻停止过对他的仰望。

　　曾经的吴桐很喜欢南方，喜欢南方的温柔及自由，喜欢暖暖的温度，喜欢这里人们明媚的笑容。她又很害怕流浪，害怕迷惘彷徨，害怕自己一个人在纵横交错的地铁里一站站行至终点。可是现在，为了那个爱慕的少年，她情愿孤身一人，拼命向北，漂泊异乡。

　　后来有个晚上，吴桐温书的时候趴在桌子上睡着了，她母亲送来消夜，把她拍醒，看见她一眼的血丝，脸色苍白。那个夏天十分闷热，吴桐睡着的时候冒了一额头的汗，母亲心疼地看着她，说选了几个不错的学校，让她过几天填志愿还来得及。

　　吴桐迷迷糊糊，顺手抓起了书，居然哽咽地说："你有没有听过一首诗，说从前的日色变得慢，车，马，邮件都慢，一生只够爱一个人。不管这之间的远近，通讯方不方便，我都不想要这样的距离。"她终于趴在母亲的肩上大哭。

　　几天后，她打电话给徐延里，告诉他自己要复读的消息。徐延里不像往常那样多话，他沉默了很久，吴桐先说："之前我有些羞愧，所以不好意思打给你，说好让你等我的，要失约了，不过没关系，再等一年我就……"

　　"吴桐。"徐延里打断了她，他在那头叹了一口气，用万分复杂的语气说，"我决定大四本科转学去日本，然后在那边继续读硕士，所以对不起，我不能在北京迎接你了。"

　　"是吗……"吴桐的声音淡了下来，"要很久吗？"

　　"也许要很久吧。"徐延里说，"说不定会留在那边工作。"

　　那一刻，吴桐的心被击中一样："哈哈，忽然就变成了遥不可及的距离了呢。"

电话还通话着，可是两边都安静了下来，只有不时发出的电流的杂讯。一会儿后，徐延里才接着说："我喜欢上一个女孩子了。"

"哦。"吴桐紧咬着唇，"什么样子的，好看吗？"其实也不难想象，像他那样优秀的人，怎么可能不受欢迎呢？吴桐也曾经想过他会交女朋友，但她没想过会在自己一败涂地的时候听到这些消息。

"很努力，是个很努力的女孩子。"

然后徐延里告诉她，"是我们系的，之前她跟我表白过一次，那时我跟她说自己要去日本，她说她也有计划，我说如果她能申请到学校，就答应她。"

"后来她果然做到了。"徐延里忽然在那头笑，是一种吴桐不曾听过的笑。

"是吗……"

她没做到的事，别人做到了，所以她失去了他。很努力——徐延里是这样形容那个女孩的，可是她呢，她废寝忘食，独自一人上课补习，丢弃所有爱好，竭尽全力去追随他，结果还是输得狼狈不堪，无地自容。她失约了，他便不等了。

最后，徐延里终于还是说了那句话："吴桐，其实不用来北京，你也会过得很好。"

晚风吹进窗，吹红吴桐的眼睛，徐延里说，你一个人，也会过得很好的。你乐观，积极向上，对自己认定的事情近乎偏执地努力，你本不该为了别人而过。小了他三岁的吴桐，那个时候不想懂得所谓的放弃与成全，可是徐延里对她掏心掏肺，他说得那么认真，她知道自己再也无能为力了。


南国街的雨、夏天、寒风都来得迅疾，这里的四季不像其他地方那么泾渭分明，时常一场雨就入了冬。就像吴桐不能理解的是，为什么她和他之间的故事，那些相伴的日日夜夜和历历在目的深情，好像只发生在一夜之间，转瞬就这么轻易失去了。

即使以后再遇到像他那样好的人，自己也没有那样好的年纪再去陪伴一个人了吧。她忍不住想，无法再一起走下去的路，无法再靠近的肩，原来昨天已然远了几程千山万雪。

吴桐赶在最后一天填上了志愿，她去不成北京，又不想留在本市，就报了临省的一个二本院校。还要往南的地方，雨季更长，火车路过的风景，一眼望去都是绿油油的麦田。

她和徐延里终于在南方与北方的漫长距离中失去了联系，最后一次通话，是吴桐说她要搬家了。她没有留下任何地址。而徐延里说他后天出发去日本，他也没留下新的联系方式。

他在那头说，我一直向往日本，想去宫崎骏的家乡。

她在这头说，我热爱南方，毕业后留在这里谋一份闲职。

这一次，他们再也找不回彼此。吴桐挂上电话后，恍惚想起，那一年，她每天都在为作业和考试的琐事而烦恼，那一年还不是适合喜欢一个人的年纪，而她仍然会为了一场即将要赴的约、一个爱笑的人，把时光变得十分美好。他们只用一年的时间相交，往后，她大概要用十年时间来遗忘。

徐延里，吴桐伤心地想，当你在异国他乡，捧起一本熟悉的漫画，会不会也能想起，曾经有个笨拙的女孩，把自己藏在书架与书架之间，偷偷打量你的微笑，听你说话的声音，用了一整个高中时代来爱你。

木棉树有絮语，款款飘散天空，像离人，说不完一个往昔。

2013 年，吴桐大学毕业，乏善可陈的四年匆匆而过。她留在临省工作，当了一名初中老师，还在实习阶段，也算得心应手。她没交男朋友，生活简单，爱她的学生。第二年，她一个高中同学打电话来找她，说学校 60 周年校庆，让她回校庆贺，并抱怨吴桐搬家后，竟然没有联系她们任何一个旧同学。

她想自己原本带着一身悲伤远走，当然昨日之日不可留。她一次都没有回过南国街。吴桐委婉地拒绝了同学的邀请，即使是过去了那么多年，她也不确定自己还能不能从容地回到那里。更不知道他过得好不好。是否在一个樱花飞舞的地方生活，有温柔的陪伴，安静相守，不用流离。吴桐的母亲看出她的艰难，试探着问她："回去看看吧？"

"不了。"吴桐怔了一下，小声说，"一个伤心之地。"

时过境迁，母亲于心不忍，才终于忍不住叹了一口气，告诉她："其实那年，我和你爸找过他，说了一些你的情况，你死活不肯上大学，一定要复读，我们希望他能劝劝你。"

于是那一年，徐延里在电话里跟她说，我要去日本了，你不用来北京，也可以过得很好。父母的爱和他的爱都太大，那她还能说什么呢？执念会毁了一个人。可是，年轻时候的吴桐不知道，她以为只要自己足够努力，终有一日就能追上他。

错将执念当深情，她一片真心，最终还是误会了他。那时忍耐的少年说，他喜欢上一个女孩子了，是个很努力的女孩子。然而当年，没有人比她更努力，更想要飞到他身边。命运让她把那个表白当成了别人。


吴桐时隔五年才终于回到了南国街。阔别多年的母校，晴朗的天气还是那么长远持久，操场上的喧闹同样穿过红色栏杆的海蓝桥，校板报上的画面年年更新，人声鼎沸，大汗淋漓，跟曾经没有什么不一样。

吴桐却觉得，好像过了一万年。

她参加典礼出来，路过车站的时候遇到当年书屋的老板，正吭哧吭哧地扛着一箱饮料，他老了一些，认出吴桐，说要请她喝。再次回到那家名叫"黄金屋"的旧书屋，吴桐走进去，客人少了，原本贴着蓝色墙纸的墙壁被老板重新粉刷了一次，上面找人画了很多壁画。

她看了一眼，左侧的墙面画的是《火影忍者》最终章的一幕，这套漫画，她一直追到了终结。很多年了，连老板都说，现在看这部漫画的人少了，而曾经为这部漫画笑过哭过的人，统统都长大了。

她往前走，另外一幅画，四周留着大量的空白，中间只有一个笑得骄傲的小女生，穿着很陈旧版本的校服，伸开手拉出一条横幅。那条横幅是贴上去的，上面写着，愿你保护好青春。

那一刻吴桐无法动弹，她站在那里，摸着那张已经褪色的陈旧彩纸，上面的字迹斑驳不清，不知何时，竟被留在了这里。吴桐忽然泪湿眼眶，一百天，那一幕，仿若身后涌起雷鸣般的掌声，瞬间淹没了她，回忆里的那些人，边哭边笑，从远了几个世纪的海蓝桥的那一头蜂拥而来了。他曾经说"陪伴你追逐梦想的人"。她就是陪伴他的人。吴桐在那个画面定格，仿佛一场爱，从薄暮至黄昏，真的需要很努力才能想起来了。

这个时候，身后响起了脚步声，老板随意地问了一句："臭小子，存在这里的饮料，要现在喝吗？"

吴桐觉得全身开始颤抖，那个熟悉的声音，带着笑意回答了一句，好啊。

她回头，看见他，他先说，好久不见。


曾经有人问过吴桐，她一生之中，有没有那个可以让她说出好久不见的人。不是一般那种相遇的意义，是历经磨难，如同穿越生死的久别重逢。吴桐便想起了那个爱笑的少年，回答说，有啊，一定会有的，

此刻，他就站在吴桐面前，又问了一次，好久不见，过得好吗？

很好啊，吴桐回答，南方还是很多雨，雨丝很细，又冷又绵长。

所以吴桐每次在窗台上挂晴天娃娃的时候都祈祷，希望他那边一直是晴天。所以她一直在抱怨，爱情为何那么难以学会。如果说十五岁的她，对他的感情只是纯粹爱慕，那现在二十几岁的她，为何依然学不会如何去爱一个人？

这一秒，仿佛时光一晃回到了很多很多年前，抱着一沓试卷的女生走在后面，路过学校天桥的时候，忽然伸手拉住了少年的纯白校服，少年一个急刹，她就撞在他宽宽的背上。她个子不高，只能抬头看他。

"这个桥的栏杆明明是红色的，为什么要叫作海蓝桥。"女生疑惑地问。

"学海无涯……"少年还未说完。

"回头是岸。"女生立刻接上。

两人哈哈大笑，笑声真的传了很远，仿佛澄澈的海岸，浪花卷着叹息而来，红色的是涌动的心，蓝色的是年少时那一大片交接的海和天空。

那时，少年和她约定："以后一起去看海啊。"

"好啊，失约是小狗。"女生不确定地又问，"失约怎么办？"

"画一幅，送给你。"

此时，吴桐侧过脸，看向右边饮料间里的第三幅壁画。原本前面的沙发被移走了，堆满的杂物也已被清空，那面干干净净没有杂物的墙面，画着一幅巨大的海，蓝得透彻，波光粼粼，上面有一群翱翔的

海鸥，仿佛一靠近，它们就展翅远走了。

吴桐曾经在贴有徐延里照片的日记本最后一页写：我花光了所有的运气遇见了你，却再没有能力跟你走下去，如果我们再次遇见……后面的那几个字被修正液厚厚地涂上了，变成少女尘封的心事与秘密。那么那么多年以后再翻开，修正液彻底干透，上面的字迹竟然奇迹般地透了出来。

那行字整整齐齐地写着：我们可不可以拥抱？

面前的徐延里忽然朝她伸开了手，她飞奔过去，这几步的距离，竟然远得像跨越了无数的昨日，画面一帧帧跳过，少年的微笑，女孩的执着，窗外的木棉簌簌掉落，操场叮咚响亮的铃声，统统穿过流年。流年如风，风吹向南。

# 02

万物不及
你的爱意

十年前初到广州，我交了生命中最好的朋友，她叫白棠。她身上的阳光总能引人侧目，大哭大笑从不掩藏。每天我在刷明星娱乐新闻，她就在刷流浪狗和走失儿童，做公益做得每月工资必光，这种无私让我觉得她就像是全世界正能量的中心。

后来白棠恋爱了，我用脚趾头都能想得到，她是会为对方做牛做马的人。果不其然，才没多久，她就随那个男人远走了，离开广州去了武汉，抛下我整整三年。我不服气，于是也找了个颇为优质的男生陪伴，谈了场旷日持久的恋爱，他叫成予。

后来白棠又回来了，带着一身温柔的忧郁，和离开时的她不一样。或许是她离开得太久，我再次看见她，竟有种此去经年的错觉，毕竟在这整整三年里面，她对我只有极少数浅显的问候，以至于她的备注在我所有的社交软件上都变成了：重色轻友的白糖。

在我们这段异地友情里，我也曾做过努力，还没遇到成予之前，没人照顾我这个生活难以自理的人，只有白棠对我无微不至，像我妈。有种朋友，她美好得会让恋人都失色。所以白棠走的第三个月，我换了两份工作，做什么都不顺，心浮气躁，最后下定决心大老远去找她。有点像小别胜新婚，两个小时的飞机，我全程傻笑。

可是刚到机场我就碰了一鼻子灰，说好的接机，连个人影都没见。我给白棠打了十几个电话，她就像失联了一样。我在机场坐足了整整三个小时，终于电话回拨过来了，她那句"对不起，你在哪里，我马上来接你"，瞬间让我泪如雨下。当我回过神已经坐在她和她男朋友的爱巢里了，我才想起质问她失联的原因。

说到这里，就跟我想象的更不一样了。我原本以为，她会做好一桌消夜，拉着我的小手，安抚我被傻缺上司和蠢货同事凌虐的身心。可现实是，她在厨房忙上忙下，却是为了在房间躺得像死尸一样的那个男朋友，罗文，他因为应酬喝醉了。

白棠在我面前走来走去，暖黄的大厅灯照得她的脸闪闪发亮，额头上都是细密的汗水，可那明明是冬天。最后我坐不住了，随她走到他们的房门口，看着里面躺倒的罗文，脸上和胸口都敷着毛巾，白棠把他的头歪向一侧，一点点清理他口腔的呕吐物，随后再用拇指大的勺子一点点喂进她在厨房倒腾半天的稀饭。

我靠在门框上，盯着白棠，她还是无微不至，但是对象却从我换成了罗文。一直以来我都以为，白棠的暖意是无限的，能给全世界，后来我才明白，她对他的守护，万物不及。白棠不是太阳，只是向阳而生的植物，仰望天空，却甘愿待在心爱的人脚边。

待在白棠家的第三天，我什么好果子都没吃，甚至还要充当女方亲友，被迫地接待了一回罗文的家长。那天罗文爸妈和舅舅要来看未来的儿媳妇，碰巧罗文要上班，只有白棠一个人在家里，从早上就开始捣腾。

我一觉醒来，发现家里被打扫得焕然一新，客厅的花束换成了百合，因为她说罗文的妈妈喜欢。中午白棠还把我拉到一个高级商场，上上下下跑了几遍，给罗文他们家要到场的长辈都买了一份礼物。我一个劲儿地说她傻，买就买了，为什么还把自己积蓄都快花光了？

她笑着答我，你知道我从来不存钱，这钱也是为了罗文存的，用在他家人身上也一样。

晚上的饭菜，白棠整整弄了快两个小时，将近十道菜，其中有两个菜还被她嫌不够好，重新做了一遍，我吓得哑口无言。菜弄完以后，她又开始嫌自己一身油烟，完了又洗一遍澡，硬换了几件衣服给我看："你觉得，哪件更好看得体一些？"

白棠本来就生得漂亮，眉眼温柔，一头秀发，说话轻声细语，笑起来闭月羞花。我如实相告："我说白棠，别说你本来就好看了，就冲你这样的付出，我要是罗文的妈妈，做梦都能笑出来。"

白棠紧张的心这才松了下来，她笑了笑，我知道她笑得无比满足，开心得像孩子。那一刻，她最难以掩藏的喜爱全浮现在脸上，大概她爱罗文，爱疯了。后来白棠和我说，有种情话说多了像甜言蜜语，有种相处久而久之会变成模式，有种相爱在他人看来像虚情假意，可是我所有的动作，都是真心的。

后来我离开武汉，回到广州再次出发，重新踏进职场，打定主意彻底放下那个让我心疼又恨铁不成钢的朋友。倒是白棠会时不时来信息告诉我她的消息，大部分是关于罗文的，还有一些令我瞠目结舌的，比如她辞职了，在家照顾罗文，再比如她有时候会帮罗文的表姐堂哥之类的接送孩子，还有定期去罗文爸妈家打扫卫生。反正都是一堆我简直无法理解和做到的事情。

再后来就是现在，三年后她回来了，告诉我她分手了。我第一个动作是翻了翻日历，看看今天是不是愚人节。


"你怎么可能分手？"

咖啡厅里，我瞪大眼睛看着笑盈盈地坐在我对面的白棠。她点了一杯冰美式，没加糖，我记得她以前只喜欢喝抹茶拿铁，但是我想或许这些习惯是跟着罗文之后改的。我记得有人说，两个人在一起，是会相互改变的，而改得最多的那一个，是爱得更深的、更委屈的那一个。

"我也不知道，就是没在一起了。"她淡然，但是明明提起来依然眼里有爱意。

"我以为你们会结婚的，该不会是发生了什么事吧？"我打破砂锅问到底。白棠的爱情我曾经深深参与其中，从坐下来到现在，我几乎问了四五次为什么分手，她眼里没有闪躲，但是却都让我无从打探缘由。

许久不见的她和我，多半时间处于沉默，但我却没有任何的不适应，反倒更习惯这样安安静静的她，没有忙来忙去，没有为谁鞍前马后。我有一搭没一搭地和她说着我的感情，我告诉她我的男朋友有些像她，像她对另一半那么好。

她愣了愣："是吗？叫什么？什么时候的事情，也没听你说过？"

"我以为在你的世界里，除了罗文不会再想要知道其他的人事了，所以就没告诉你。"我有些赌气有些尖锐地回答，但是说完我就后悔了。

白棠轻轻皱眉，说了句去卫生间，可是转身那一刻，我分明看到她红了眼。白棠哭了。无论她付出什么，做得再多再操心，从前仿佛都不曾有过一点苦念，如今分开，随便言语的中伤都会决堤。我开始想打自己两个耳光。于是从那时候起我就告诉自己，无论多好奇，也不再主动提起罗文，直到她愿意告诉我的那天。

我把刚回到广州还没租到房子的白棠带回了家里，一开始她是拒绝的，却被我一句话说服了："我告诉你，成予是厨师，你得吃一次，那可是五星级大厨级别的。"

她扑哧一笑，脸色缓和了起来。我突然眼睛一热，再也难以忽视她这趟回来骤然憔悴的脸，有些心疼地抱了抱她，当作冰释前嫌。到家楼下，我打电话叫成予下楼帮忙搬行李。十分钟后他才到，我忍不住道："我说你怎么那么慢，人都拿到电梯口了你才到，没用。"

"你那电话交代太多了，又收拾房间又做消夜，还得准点下楼，我这效率已经很高了，换个人可做不到我这一星半点。"成予扬起头，一副得意劲儿。

白棠来回看了我和成予几眼，冲我笑了笑。我赶紧介绍两人认识，并用眼神提示成予，之前我已经交代过了，在白棠面前不能多话，人才分手，要尊重气氛。后来白棠上楼时悄悄和我说了句："成予很好的，好好在一起。"

白棠住在客房，那里有盏读书时她送我的落地灯，我帮她打开，暖暖的光线照着书桌，上面刚刚被白棠放上了一个相框，只是面朝下。我把它翻起来，是一张她和罗文的合照，黑白色的。散开的行李箱里，也都是灰白蓝的深色衣服，再没有一件是她以前喜欢的暖色调。

也对，爱的人一离开，即使没有备受冷落，世界也都褪了颜色。

一段时间后，白棠找了个新的工作，终究还是在广州待住了。她好起来的时间连一个月都没到，重新发出正能量的白棠让我又诧异又佩服。我想也是，高楼林立和分秒必争的城市，等伤口好了，一切又都会被人山人海掩盖。

依白棠的能力，混个外企游刃有余，上升空间简直令我羡慕，我们恢复了当年的革命情谊，但是也并非一切没变。她的许多习惯我都要开始慢慢适应，衣食住行不说，就连朋友圈发相片都要调成黑白色调的，这简直不可理喻。

成予有次和我说白棠的心啊，空荡荡的，从眼神就能看出来。我辩驳道，怎么可能，那么有灵气的眼睛，哪里空荡荡了。他知道说不动我，最后只说了句，因为她心里是空的。

我觉得这样下去不是办法，便以庆祝和成予在一起周年纪念日为名组了一个局，把一群朋友都给叫上了，男男女女有十几个人，希望能让白棠多认识些朋友，能够走出悲伤。这件事成予没少抱怨我，说我为了给白棠介绍对象，连纪念日也给篡改了，好没良心，重友轻色。

结果倒好，白棠人都没有出现，只短信回复了我一句："我不想谈恋爱，我不会找别人的。"

我被她那句不会找人吓了一跳，生怕她就此吊死在一棵树上。后来好言相劝，也曾字字铿锵把话都甩她脸上。本来以为一顿苦口婆心能让她幡然醒悟，殊不知她既没搭理，也没改变。白棠的抵抗相当成功，最后是我放弃了，帮她找对象的想法彻底从我脑海中绝尘而去。

成予一脸知晓结局的表情说，你看吧，有人怕受伤，所以爱会保留，但是心里漏掉了一部分，什么都留不住。白棠需要把空洞填补，才能继续向前走，偏偏这是无法操之过急的事，只能等时间来愈合伤口。并且我们谁都不能做主。

我原本已经开始相信，这大概就是结局了，等时过境迁，等一个人。可我终究还是低估了白棠的剧本。这么久的时间里，我发现每次只要白棠失踪，那一定就是她飞回成都，去罗文他们家做牛做马了。一开始她不愿意告诉我，怕我又会七嘴八舌地叨扰她。后来我也想明白了，别说是前男友的亲人，恐怕就连陌生人有需要，她也一样会帮忙的，毕竟她骨子里向善，是宇宙正能量的中心。

　　直到白棠告诉我，她已经辞职了，即将要离开广州回到成都，我彻底被她打败。我以为他们重修旧好，但是并没有，所以她这个决定令我十分费解。我隐约知道应该和罗文脱不了关系，她告诉我的那一刻我还是没忍住湿了眼眶。

　　她辞掉一个前途无量的外企岗位，就为了去照顾罗文生病住院的妈妈。

　　那天晚上成予劝了我许多，他试图让我理解白棠，说她可能有什么苦衷，毕竟是我最好的朋友，说不定这一走又不知道什么时候才见，叫我去机场送送她。我淌了一枕头的眼泪，心里抱怨这个没心没肺的人，却又忍不住心痛，我最好的朋友，为一个不值得的人掏心掏肺。谁也拉不住。我默默闭上眼睛，睡之前还是没忍住调好了一大早的闹钟准备去机场堵截她。


　　凌晨五点的广州特别好，有光，有座高塔，灯也没灭，所有的霓虹从晨雾中露出来，繁华又阑珊。去机场的路特别通畅，我发了条信息截住白棠，说让她等等，告个别。她果然就乖乖地站在了机场入口，一脸素净，多美的一位姑娘。

　　"真想好了走？"我故作云淡风轻地问她。

　　看到白棠点点头，我准备的一肚子话才彻底爆发出来："他自己的妈妈你让他自己照顾不行吗，用得着你这个外人回去照顾？"四周的空气似乎慢慢开始变得湿润，我的鼻腔总感觉很呛，因为刚刚说的话太激动，嗓子很干，我轻轻地咳了一声，等着她回应。

"我们没有分手。"白棠出奇冷静地看着我，一脸僵硬地挤出了一句话。

我不可置信地看着她，我甚至怀疑是不是自己听错了："你再说一遍？"

"我们没有分手。"她还是满眼平静，眼角却积满了泪。

我本来以为，她骗了我，装作一身伤回来取暖，完了和好了又回去，可是我猜错了，我想错了白棠，他们确实不在一起了，是真的永远也没办法在一起。

罗文走了，在他们度蜜月的那个海浪里，再也没回来。

白棠第一次在我面前号啕大哭，她说，爱他已经变成了我的本能和所有生活，可是一下子这个人就这么突然消失了，再也见不到了，不是打个电话就可以听到他声音的分隔两地，也不是跋山涉水还能见到一面的远程距离，而是彻底地消失了，是要去相信有来世才能平静下来的那种消失。

白棠说，那天在海边我说了我愿意嫁给他，我就已经是他的人了。她断断续续说了许多，那些我从来没听过的细节，那些对她意义非凡的细节。那一刻我的崩溃不亚于她，罗文死了，白棠是失魂落魄回到广州的，我竟然一点也没察觉，她那寄情于黑白照片的悼念。

面前的机场大门瞬间在我眼里变成了黑白色，人来人往如同浮游，在我眼里都失去了生命。看着白棠走，我动弹不得，是成予接的我。我不知道自己多久才缓过来，甚至好多天没敢联系白棠，只等到她一个半夜给我发来的信息：

我没办法，如果尝过拥有的甜，现在就要忍受失去的苦。这个世界从来都是对等的。也正是因为对等，我们才能在千千万万的人中，遇到对的人。

我回了"明白"两个字，锁了手机屏幕。

眼前恢复一片漆黑，一股热气弥漫了整个鼻腔。成予的呼吸声突然在这一刻变得十分珍贵，我转过身去，紧紧地抱住他，抱住这个实实在在的人和爱情。这是白棠教会我的事。后来身边有人说白棠就是个传奇，可她不是神佛，也只是个凡人，用她独有的方式去自我救赎和付出，对于她的守候，我后来更能深刻地明白，这是一种崇高却有血有肉的情深。

成予时常说我变了，他调侃我现在才开始爱上他，其实不然，我只是懂了珍惜。在白棠的爱情里面，哪怕有付出的机会，都是福气，因为至少还有那么一个活生生的人，让你愿意把自己放在他的身后，一步一步相互支撑着走完这段短短的路。

身为厨师的成予曾说，做菜要入味，不能生腌，得熬焦糖。可是白糖无比脆弱，少了不行，多了煳锅，必须一点点撒入，小火熬制。时间太短，甜度没有意义，长了，又会苦。焦糖煮坏了，很苦。所以，想要甜蜜，就得守护好已碎成粉末的它们。


罗文祭日那天，我特地飞去了白棠身边。走出机场看到她，已然不是离开广州时那副模样，她穿着暖黄色的裙子，头发蓄长了，嘴唇抹了粉色的唇膏。本来已经从朋友圈看到她的改变，但是此刻更深切的感动直击我的内心，我发出一声赞扬。

"还是得变回他最喜欢的我的样子。"她耸耸肩。

"算你识相。"我拍了拍她。

罗文的墓碑特别新，看着就是时常擦拭的模样。他在相片里露齿微笑，眼光温柔，我这时候才那么仔细地去端详这个被白棠深爱的人，眉清目秀，一腔暖意。

那天晚上我们俩靠在床头，她喝了酒，满脸通红，给我看了许多相片，说了故事。她那一脸释怀，让我忍不住松了一口气。过一会儿只见她轻轻后仰着头，手里捣弄着手机，说要写个日记纪念今天。她很认真地删改了一遍又一遍。

深夜，她在我怀里哀号了一声说，其实罗文是为了救我才会死的。

白棠的那痛心疾首的悲切，大概往后都将时常出现在我的梦里。她抱着我说，罗文为我坠身深海，这件事连他妈妈都不知道，我瞒了她，只说是意外，罗文妈妈对我念旧的照顾很感激，可是，我做不到。你总说我是正能量的中心，我善良，可是我连真相都不敢告诉她，我怕失去最后的机会。以后的我，无论再怎么拼命和奋不顾身，也终究配不起他了。

白棠絮絮叨叨地在我怀里睡去，我却彻夜失眠。这个世界上，没有那么多让人前赴后继的爱情，我们皆是凡人，放一个人在心里，注定会被他的形状刺得千疮百孔，七情六欲是干净还是污点，在爱里都不会有对错，只有值不值得。

我忍不住偷偷看了一眼白棠的手机，画面还停留在记事本里，她设置了很多分组，跟我想的一样，有一栏是专门给罗文的，每天都说着或琐事或情话，就像他们只是分开了，并没有分手。相册里都是黑白照片，恍惚错觉。

人在风里，两厢情爱，留下风雨也吹不散的痕迹。过境又会重来。

# 03

三行情书

虽然后来，我们都能坦然地去表达对一个人的感情，但是那也全部都变成了遗憾。因为我会记得十七岁的你，记得你的黑色背心，红色的33号篮球服，记得你在大雨滂沱的屋檐下问我，你是我的雨伞吗？即使是过了那么多年后的现在，我早已退出了有你的故事，可是你，依然是我可以过完这一辈子的记忆。

2005年元旦，学校流传着如果零点在最高的五号教学楼楼顶许愿和表白，然后看见河岸放飞烟火的话，就会得到祝福，相爱的两个人就能永远在一起。那个晚上，我冒着小雨，接近零摄氏度的天气，只系着一条单薄的围巾，独自从家里跑回教室，等待零点的到来。

那一年，我的新年愿望是——篮球，极光，蔡肖宇。

"谣言！谣言！"第二天，同桌却狠狠地拍着桌子告诉我，"这个零点许愿，绝对是教导主任为了抓早恋而传出的谣言！"

我奄奄一息地趴在桌子上，然后被同桌提起："你该不会真的跑去跟蔡肖宇表白了吧？"

那个时候窗帘被风吹了起来，窗外散发着热烈的温度，球场上统一的红色球服，他们迅速地跑着，阳光洒下来，我竟然一眼就能从人群中准确无误地看见他。我摇了摇头，遗憾地回答："没有，刚好碰到他和何珊珊在……约会。"

同桌恍然大悟："所以蔡肖宇的球服为什么是 33 号，真的因为那是'珊珊'的谐音？"

十七岁，爱情是一件大事。黑板上的公式擦掉后偷偷写上谁的名字，超越"三八线"往对方手臂靠近一厘米的距离，会留意喜欢的那个人在哪个区域值日，就是这些细碎而美好的傻事，都让每个人奋不顾身地为之努力着。我十七岁结束的那一年零点零一分，在教室顶楼如愿地看见了烟火。可是此后一生，我都认为最重要的愿望，就是我喜欢的男孩，希望他刚好也喜欢我。


"比学习好的会打球。"

"比会打球的学习好。"

"集齐十个优点，召唤一个蔡肖宇。"

那时女生们都是这样谈论他的，她们说，每个人的青春里，都应该有个篮球队长，他阳光高大，跑步超快，笑起来风靡全场。而我的同桌却对我说："可惜你不是啦啦队更不是校花，反倒是个野蛮的女篮队长。"

——个子太高，皮肤黑，不懂温柔，满脑子只有三分线和带球跑。

与蔡肖宇相遇的那年我念高二，下学期我最后一次代表校队去市里打比赛，因为学校不重视女子篮球，所以在即将进入高三升学班以前，宣布最后一次比赛后将全面解散。就是在那一天，我由于记错时间，提早到了市体育场。前一场男篮赛还在加时，不知道是哪所学校的，一眼望去，球馆里有一半是女生，拿着彩花摇旗呐喊。场上的人早已大汗淋漓，身手最敏捷的那个，忽然一个跨步和转身，在最后两秒钟里进了一个三分球，最终以一分之差险胜比赛。

下一秒，耳边全是欢呼和尖叫，她们大喊着他的名字。就是那一幕，好像有光从窗口透进来，紧紧地追随着他。深红色的球服，耀眼的33号，他成了那一年备受瞩目的MVP。

我在距离他三层高的观众台，看他高举双手，然后被队员们兴奋地抛起来，他笑得那么灿烂，我转回头，背后的横幅上正好写着他的名字。相遇的意义，是即使身边有无数的人路过，而那个瞬间，都会变成此生最重要的东西。尽管多年以后，这个已经与我相熟的红球衣少年与对手击掌后回头，但我仍旧记得他最初的模样。

因为那一天，我的篮球生涯匆匆结束了，而梦想好像才刚刚开始。


我打完最后一场不痛不痒的篮球赛，跑起来的时候满脑子都是那个红色的身影，回到学校，第一次发现接近傍晚的太阳也可以那么热烈，像他的笑容经久不绝，离开球队开始拿起试卷习题的第二天，课本上竟然出现了他矫健投篮的场景。

教物理的老师说过，有一种捉摸不透的能量，一直引导着整个宇宙规律性地运转，茫茫宇宙中数以亿计的星球，因为它，都能相安无事地停留在各自的轨道上安分地运行。如果我们向这个能量发起愿望，心诚则灵，说不定就可以实现。这就是吸引力法则。

于是，在我很努力想着他的第七天，他竟然真的就出现在了我的面前。

"嗨，这个篮球社已经被征用了哦。"

那天我回社里做最后的整理，并准备归还钥匙，他忽然出现，跟我打了个招呼，他的声音很好听，从门口进来的时候，晃了晃修长的手。

仿佛幸运猝不及防地降临，我简直难以置信。后来我才知道，他是隔壁示范性高中的学生，品学兼优，还是篮球队的队长。因为他们学校正在修整球场和跑道，就只好下了课来隔着一条街的我们学校练球，为期三个月。5月时节，窗外光线浓烈，刚刚抵达的夏天很美，蝉鸣不休，可是只有短暂的90天，在明媚的细缝里，最让人欣喜的季节。

我近距离看他，鼻梁高高的，睫毛很长，皮肤晒得有点黑，球服里面原来还有一件黑色的背心，大概他的膝盖曾经受过伤，所以跑步的时候必须戴着护膝。他性格很好，是那种很容易亲近的人，后来得知我曾经是女篮队长，便邀我去篮球社聊天或是看他打比赛。他对我说："钥匙你拿着，记得常来。"一来二去，有幸相识，我亿万分不敢相信，这就是吸引力法则的功劳。


蔡肖宇和他的篮球队的出现，让操场时常人满为患，炎炎夏日，微光穿过人声鼎沸，追着飞奔的少年的脸。我挤进第一排，每次练习赛结束后，他便直接走向我，我把毛巾和矿泉水扔过去，他一边接过一边说："评价一下？"

"只用眼神防守，还能赢对方九分，这会让别人输得很没有面子。"我如实回答。

他两手一摊，微笑着说："OK，下次改进。"

他们教练称赞他是天才型选手，天赋异禀，前途光明，可我知道他有多努力，每天下课后要练球到傍晚，即使是成熟球员，依然每天清晨带队陪新人跑步。往后我给他带补充体能的维他命水，他不喜欢那个味道，被我逼着全部喝光，交换条件是让我替他搜罗最新的篮球杂志。后来甚至好几次我和他上场对垒，他就嘲笑我说："让你一只手。"

趁着休息的间隙，我带他去学校的相片长廊，尽头那里有一张女篮第一次打赢比赛的合照，他看了两眼，然后靠近我，低下头，眼睛距离我的鼻尖只有十几厘米："中间那个就是你嘛，个子比别人都高，一眼就认出来了。"

我适时地炫耀着我的事迹，拍拍胸脯："第一届女子篮球队队长，也是最后一届，是本校历史上浓墨重彩的一笔。"

他的眼神里竟然真的透露出一种难以言喻的可惜："身高有优势，手脚灵活，如果勤加练习，应该会很有前途。"他拍了拍我的头。我有些感动，鼻子微酸，即使我挺直脊背，也仍然只到他下巴的位置，所以每次抬起眼睛，就正好对上他的侧脸。

家长和老师都觉得女生打篮球就是不学无术，应该以学业为重，只有他，会支持我的爱好和理想，会跟我一样认为，生命需要热情和盛放，不该就这样乏味且规行矩步地度过。

他说："别放弃。"

"不放弃篮球。"我回答，心里念叨：也不放弃你。


进入盛夏后，窗外的榕树开始变得厚重茂密，时间逼紧，连上课钟声都尤为醒目刺耳。我不在乎段考期考，也不在乎高考三百日会战的即将到来，只记得 90 天的倒数已然过半。

我念的是需要苦读的文科班，地理考得最差，时常急得焦头烂额，淹没在一大堆季风和洋流的习题中间，还不忘研究南极光和北极光的区别。蔡肖宇曾说，他的另一个梦想是看极光，有生之年一定要去极地冒险，登山看极光。当他这么告诉我的时候，我想也没想就回答"我陪你"。上天入地天涯海角，我都陪你。

我不知道，那个时候浅薄且无能为力的我们，有一天会发现其实自己离梦想竟是那么那么地遥远，像是在楼下操场孤单地运着球，却如风一样捉摸不透的少年。

因为课业繁重，每天都要温书到半夜，我和蔡肖宇一天一次的见面改为两天一次，三天、四天一次，徒留想念，有时甚至只能在走廊里向外匆匆一瞥。他期末有一场重要的球赛，每天都在加紧练习，夜以继日，整个人瘦了一圈，偶尔遇到我，会不自然地低头然后神色匆匆地溜走。

开始有身边的朋友跑来问我他为什么忽然消瘦，并猜测起种种原因，想到那些，我的心里总是不觉一跳。一次他送我回家，我侧头打量着他，坚毅的下颚线，脸颊瘦得有些凹陷，黑眼圈很明显，裤子的腰围显然已经不合身了。这么看着他的时候，我竟忽然眼眶一热。

他吓了一跳："你怎么哭了？"

我哽咽着问他："你为什么瘦了那么多？"

他愣了一下，然后有些好笑地摸了摸我的头："傻啊，我没事啊。"

我随手抹了眼泪，又装作风沙入眼："什么球赛让你那么努力，连命都不要了。"

"麦当劳举办的欢乐篮球而已。"他有些迟疑。

"不是市联赛吗？"

"打腻了，没意思。"他自信地摆摆手。

其实那一刻，我心里多么想告诉他，我很担心他的身体，怕他劳累，怕他吃苦，原来仅仅是看到他瘦了，也会感到这般心痛和害怕，恨不得去替他承受所有的艰辛和坎坷。我真傻。

而我从来没有想过，在我们分开之后，这些一点一滴和分分秒秒会变成我失去他后支撑着我的全部回忆。那个年纪，喜欢一个人，是不敢轻易说出口的，只会陪他跑步陪他高歌，在他忘记带伞的时候出现在雨中，只会在他难过悲伤而我无能为力的时候，拼了命心痛。照顾好自己，照顾他，牺牲自己，也要成全他。

太喜欢一个人，反而会用尽全力去隐藏真心，装作漫不经心的样子，这就是我们当年的十七岁，一不留神，就会被其他更好的女生捷足先登。


在暑假来临的前夕，距离蔡肖宇和篮球队的撤离还有最后 15 天的时候，隔壁重点班的何珊珊以雷霆万钧之势向他发起了告白。惊天动地，让人大跌眼镜。

何珊珊成绩优异，文静内敛，是那种白色裙子配一棵樱花树般梦幻的女生，有些姿态有些傲气，一个让无数男生前赴后继追求的人，竟然主动放下身段，这让我始料未及。

下午三十多摄氏度的高温天气，何珊珊在操场上拦住蔡肖宇，坚定地对他说："如果我顺利跑完操场十圈，你是不是就答应和我在一起？"

蔡肖宇没有回答，她便自顾自地开始跑了起来。她身体不好，又有些贫血，刚跑完一圈就喘着气汗流浃背，但她始终没有停下来。蔡肖宇担心她，又劝说不下，只好跟在她旁边陪着她跑，不时搀扶她一下。

开始有人闻讯赶来，一传十十传百，围得水泄不通，一段美谈的开始，成就传奇。有人鼓掌，有人加油打气，还有人说，这才是一心一意出生入死的爱情。他们跑到最后一圈的时候，何珊珊终于体力不支，中暑倒下，蔡肖宇急得满头大汗，一把背起她把她送去医务室。

我赶到的时候，何珊珊已经醒了，我站在窗外，看到她伏在他肩膀上哭泣，而他正在手忙脚乱地安慰着她。操场一圈有四百米，十圈一共四千米，比我那么多次和蔡肖宇一起回家的路加起来还要长。而那个无知的男生一定不知道，为了一个人，即使前路再艰难，手无寸铁的自身再无能为力，也想要尽力一搏。

像斯文柔弱的何珊珊，这一役就此扬名立万，从此往后留在他心底。

她遗憾地哭着说："还有半圈没跑完，对不起我没能做到。"

"没关系。"他拍着她的背，"我都知道。"

是的，她为他宁愿豁出性命，剩下的半圈还有什么关系呢？这种遗憾只会让人更动容，为她的勇气，为她的痴情，为她竭尽全力想和他相依为命的心。

我有些懊恼，却不知道自己可以挽回什么。第二天我和同桌经过何珊珊那班的时候，看到她在走廊上，眼睛紧紧盯着操场上的人，同桌对我说："无论如何，和蔡肖宇关系好的是你，先认识他的，也是你。"她故意说得很大声，试图让何珊珊听到，可她不为所动，走过的时候，我甚至看到了她轻蔑的表情。

无论如何，迟到的是我，懦弱不敢表白的，也是我。有的人适逢其会，有的人失之交臂。然而后来我才发现我错了，我在何珊珊面前连仅剩的优势都没有，她之所以会有那种表情，是因为她认识蔡肖宇，早在我之前。很早。他们念同一所小学和初中，相遇至今，近乎十年，在十七岁的人生里，占据了彼此的一大半。

那是一段我望尘莫及的时光，其间她表白过两次，他成绩好，她便要与他并列第一。他喜欢运动，她体弱多病，她就锻炼体格，爱他所爱。往后她真的变成了好得足以匹配他的人，历经十年，能够沧海桑田的时间，可她仍说，非你不可。

她最终得胜，而我拿什么跟她比。

那个暑假，我没有联系他，7月末热气逼人，蓝天白云，阳光下唯独少了谁的影子。我报了两个高考提升班，试图让自己沉浸于学业中，也同时苦恼，怎么就没有教人明爱暗恋的补习社？每次路过回家的十字路口，抬头就能看到他们学校的教室。90天的期限已过，情真意切的人鱼公主终究化成泡沫，而我的那个少年，大概也不再需要我送水送药、嘘寒问暖，他依然会有一群人围着，其中或许还有他的新女朋友。

错过了一个人，徘徊在两条马路之间，也许再纠结的日子都会被冲散变为流云，可是最好的时光，谈情说爱的岁月，我却失去了他。

那时我忽然有种很悲伤的想法，可能往后我再也无法遇见和我一样那么喜欢篮球的人了，不是因为对方喜欢而喜欢，而是那么志同道合，不相上下。万一以后，我就算遇到了其他更好的人，可是他不喜欢篮球怎么办，下一次命运和法则不再给我机会怎么办？以及我清楚地明白，这概率恐怕已经很低了。

我告别了高二，很快也告别了夏天。南方小镇迎来入冬的第一场雨，绵绵细碎，丝丝冷意。我和蔡肖宇会在偶尔的晴天约见，很少，间隔时间变得很长，距离不远，却感觉越来越远。两个人并肩走在一起闲聊，去最初去的面馆吃面，闭口不谈对方的感情。他进入复习期后很少打球了，皮肤白了一些。他的志愿是本地的一所理工大学，我说他可以轻而易举拿下，转头看向我的时候，他却不敢确定地笑着说："不一定，现在容易分心。"

我点点头，一颗心无法两用，更不能给两个人，他想她，大概像我想他那样想着她。他是分心，我是四分五裂。

他不知道，我们十七岁结束的那年，我听闻零点许愿的传言，觉得就像抓住了救命稻草。然后我冒着凛冽寒风，却在顶楼看见了何珊珊给他放的心形的烟花。那多贵啊，我感慨，美丽包裹着狂放热烈，冲向天空，像承诺，像短暂却深刻的一生一世，那多美啊。当时我清楚地知道，河岸的烟火同时散开了，如果相爱的两个人此时此刻在这里，一定会得到美满的祝福。可惜跟他站在一起的不是我，很多东西，往往迟到了一步，就不同步了。

高三过得狼狈又忙乱，值得铭记的日子也潦草结束。我高考发挥稳定，成绩不错，至少有几所大学可以选择。毕业晚餐的时候，我忽然特别想他，只吃了两口就跑到他的学校去找他。那时他和以前球队的人正在操场的草坪上喝酒，何珊珊跟他挨着坐在一起，看见我来，笑得非常开心并邀请我加入。

我被他们的气氛感染，喝了几杯，一大口啤酒下肚，无意间看见他正在看我。后半夜玩真心话游戏，酒瓶转到我和他，我借着酒劲，当着大家的面问他："你和珊珊很早就认识了吧，听说你们曾经是同桌，那你的球服 33 号，是何珊珊吗？"关于这个问题，我只是想知道，爱情究竟有没有先来后到，或者会不会在她喜欢你之前，你就喜欢上她了？

"你喜欢她吗？"我看着蔡肖宇的眼睛。

连何珊珊也抬起头来，期待他回答，而他的眼神有些闪烁，久久沉默。我继续追问了一遍，急得眼眶都红了，最后他才低下头说："我选择大冒险。"人群开始起哄，有人叫他吻她。微弱的路灯下，月光模糊，心事阑珊，我不敢再看，在哄闹中仓皇而逃。

我只吃了两口饭，还空腹喝了很多酒，跑出去的时候胃部一阵翻腾，眼泪夺眶而出，忍不住在路边吐了起来。身后有人追上来，我惊喜地回头，却发现只是他球队里的其中一个朋友。

他有些担忧地扶起我："队长让我送你回去。"

"不必了，谢谢。"我微笑着拒绝，然后跟跄跄跌倒。

他叹了一口气："蔡肖宇的球服不是何珊珊，33 号是他最喜欢的球员，伯德。"

"我知道。"我回答。我看过他的资料，怎会不知道，可我只想当面听他说，不是何珊珊。说我小心眼也好，说我嫉妒也罢。我蹲在地上站不起来，终于忍不住掩面号啕大哭。

那个朋友于心不忍，想帮我："其实队长喜欢过你，那次他拼命练习参加欢乐篮球的比赛，就是因为那个冠军奖品是一条篮球吊坠的项链，很特别，他想赢给你。"

我的耳朵里充斥着嘈杂声，听不清楚，他继续说："他带伤上场，撑到最后一秒，还是输掉了比赛，他没有为你赢回奖品的样子，看起来真的非常非常难过。"

"但是何珊珊却为了他，被取消了保送资格。"他说。

我终于回过神来，抬起眼睛，他惋惜地摇了摇头："何珊珊等了他那么多年，为了跟他表白，闹得人尽皆知，被教导处抓早恋扣了操行，最后还决定取消她保送重点的资格，所以她跟队长一起报了二本的理工大。"

"你知道的，她这样做，他再也放不下了。"

我点点头，他又重复了一次："蔡肖宇，喜欢过你。"

可是，喜欢就是喜欢，过就是过。她为他舍弃一切放下所有，披星戴月去爱他，所以得到了他。而我，却只能抱着他曾为我消瘦、曾哄我开心的短暂相伴，独自过完后半生。

喂，蔡肖宇，我很喜欢很喜欢你。

其实我喜欢你，很久很久了。

如果我早一点说出口，那结局会不会变成另外一个样子？

7月的花季很快又来临，那夜之后我不再和他见面，隔了一个月，我花粉过敏，躺在家里的时候，忽然想发条短信给他。那一句迟到的或许也无济于事的告白，不知道是否还来得及，但我还是很想问他，我究竟还有没有这个机会，如果真的没有了，那我就可以安心地走了，不等了。因为那个时候，离异多年的父母，分别再婚，父亲为了生意留守这个南方小镇，母亲则嫁到北方，有纷飞大雪的地方，然后丢给我一个艰难的抉择。

我不会选，我失去心爱之人，想远走他乡，又不愿从此天各一方。

一条短信发了一个晚上，删删改改，有些彻底删除有些放入草稿箱，半梦半醒，依然没有按下发送键。后来我一觉醒来，天亮了，太阳浮光流入窗棂，我打开手机，鼓起勇气胡乱按了一条发送，然后开始一分一秒地计算他回复的时间。

可是几天过去了，他依然杳无音讯。我坐立不安，有天晚上忍不住跑去找他，他从楼上下来，在楼梯口看见我穿得单薄，又跑上去拿了一件外套给我。夜风吹开他的头发，月光拦在我们之间，我和他说："我父母各自再婚了，爸爸还在这里，妈妈要去北京，他们问我想跟谁过。我妈说，虽然习惯了小镇生活，但是毕竟那边比较好发展，如果我去那边读书，对前途很有帮助……"

我停了下来，而后半句我想问的是：你会留我吗？如果你开口，我一定会为了你，留下来。我心里这样热切地看着他。可他原本停顿了很久，到这里忽然打断了我："北京挺好的，你去吧，如果对你好的话。"

那一瞬间，我觉得鼻子很酸，风吹得眼睛刺痛，我情愿相信他是真的为了我好，才把我推开。我努力咬唇不让眼泪流下来："是吗，可是我走了，应该就不会回来了。"

"嗯，去吧，大学也不要放弃打球。"他淡淡一笑，"说不定大学生联赛的时候，我们还能见面。"

"好啊。"我不记得那天晚上的结束语，我穿在身上的他的外套，也始终没能还给他，临走前我问他，"我给你发了一条短信，你收到了吗？"

他愣了一下，然后摇摇头："没有，手机在珊珊那里。"

他垂下眼睛："怎么了吗？"

"跟你道别而已。"我粲然一笑。他送我到十字路口，我回头，原来我们那么快就走过了那条街，走过了需要告别的岁月，我把头转回来，背对他，举起手摇了摇，"拜拜，蔡肖宇。"

有些遗憾，真的一次就够了。一季过去，伤冬悲秋，来年的春天迟迟不来，夏天再也不快乐，我没有爱过谁一生，只爱过有你的一整个曾经。珍重，我的少年。


因为走得匆忙，我到北京后，让同学帮我邮寄留在学校的档案和资料。后来收到满满当当的一箱子，我把它们全部翻出来，有当年申请加入篮球队的报名表，看到写着"最喜欢的球员"那一栏，不知道什么时候，被红笔划掉的"流川枫"改成了"蔡肖宇"，还有曾经比赛获得的水晶奖杯，底座上有一个大大的指纹，应该是我拿出来向谁炫耀的时候，被对方印上去的，时间过去很久了，这些痕迹竟然全部都没有消散。

让我意外的是，里面还夹着何珊珊给我写的一封信，很短，三言两语很快就看清楚了，她说，他是真的为了你好，才舍得那个原想陪伴一生的人离开。

看到这里，我闭上眼睛，眼泪大颗大颗地滑落。那时我在一个陌生的城市里，巨大的落地玻璃窗映照着夕阳和高楼林立，满目都是你，却哪里都没有你。


后来我在北方待了四年，习惯了鹅毛大雪，习惯了吃辣。2011年的最后一天，我和朋友在广场上倒数，看见烟火，许了三个一如当初的愿望。零点过后，我们去赶一场首映的电影，是一个遗憾分开又最终相遇的故事，言承旭饰演男主角，在结尾的时候，他眼神沧桑，红着眼睛紧紧抱住初恋情人。朋友坐在位置上感动得号啕大哭，她告诉我说，言承旭老了，可是，他怎么可以老呢，他可是道明寺啊。

我曾经很喜欢看《流星花园》，可我生命中的男孩，从来都不是会弹琴眼神忧郁的花泽类，而是会打球会运动，穿黑色背心流下一身汗的篮球队员。我点了点头，男主角老了，我想我们也就真的老了。过去的人一走，那些发生过的故事，就再也无法回头了。

后来朋友问我，如果让你回到最初，回到那个会奋不顾身喜欢一个人的年纪，你最想改变什么？我脑海里瞬间就冒出了蔡肖宇的名字，可是遇见像他那么好的人，我有什么好后悔的呢？我摇摇头说："不改变，这样挺好的，爱过一个人，一生一世都为那个年纪的所有过往而着迷。"


至此，我以为，这就是我和你之间全部的故事了。

可是后来有一年，微博上展出风靡国外的三行情书，有些网友翻译了其中一些经典的内容，我无聊的时候胡乱浏览着，忽然看见一张图片，夹在中间那段也许因为太简单，或者因为莫名其妙而无人翻译，只有两个英文和一个名字——

Basketball（篮球）；

Aurora（极光）；

Cai Xiaoyu。

我和你之间，终究是个遗憾的故事。我从来没有奢望过某天一回头，就能看见站在身后，变回了十七岁的你。我也不曾想过，我们还能在失去彼此的信号中再次重逢。没有一通电话，没有灯塔的指引，没有缘分没有信仰，但是我依然还是和很多很多年前一样，只要你出现，即使在茫茫人海里，我一眼就能认出你。

然后我去搜索你的名字，看你的照片，你过得比我想象的要好，大学毕业后就出国读研，在佛罗里达州，皮肤晒得很黑，笑起来还是那么阳光灿烂，身边有一两个美丽的女生。我翻到相册的最底部，看到一张当年你打赢比赛后我替你拍的相片，里面的你比着胜利的姿势，稚嫩的脸，笑得张扬，可是那么粗枝大叶的你，给这张相片配的标题，竟然是：愿时光不负当年的我们。

时光没有辜负你我，我们却一而再地负了自己。

往后那么多年，我始终记得和你在一起的每一个细节，你的声音，你的侧脸，你单手陪我打球的笑容，可我却忘了当年写给你的情书是什么样子的。比任何诀别都难过吗？比任何情话都感人吗？然后我翻箱倒柜找出那个 2006 年产的索尼手机，费尽千辛万苦才买到充电器，等待了四个小时小心翼翼地开机，嘀嘀，终于屏幕亮了，发件箱里躺着尘封了很多年的短信，我颤抖着指尖点开。

我们越过了最长的风霜，度过了那么多年孤独的岁月，最美的爱情，总是只言片语，情书三行，停留在那个懵懂得什么也解释不清楚的年代。但是你心心念念的那个人，终究会收到的，终究会懂得，有谁真心去拥抱你的时候，爱过你。

那一刻，我终于哭得不能自已，我的一整个青春，竟然全部都在这里了。

（收件人）我的MVP：

篮球。

极光。

蔡肖宇。

# 04

## 等一个晴天

　　记得大学生物课时教授讲到"Alpha girl"的概念，指不受传统的性别角色约束，许多方面的能力和表现都凌驾于同龄男性之上的年轻女性，听完我竟然第一个就想到了荷叶。她的彪悍程度可想而知。

　　荷叶体育好，专业代考一千米，力大无穷，能徒手搬一个宿舍的行李。但是她的酒量很差，一喝必醉。每次聚会喝酒，她都要争着帮同桌的姑娘挡酒，和男生比大声划拳，喝完还非得拔刀相助，继续去帮隔壁桌的女孩子挡。小酒馆一圈喝下来，最后我们在厕所里发现了她，醉得不省人事，死党向宁只好再次把她背回家。

　　向宁是荷叶身边唯一的男性，从高中到大学，她却只把人家当哥们儿。荷叶人缘好，讲义气，读书每次拿第一。可是当好友第一次被男朋友劈腿失恋，身边的人都在摩拳擦掌的时候，只有她默默退到一边，一筹莫展，不发一言。我大概可以理解她，很多时候就是这样，有人想给你安慰对你关心，可惜空有一身失败的范本。荷叶最大的失败，是她从来没有谈过恋爱。

所以书上还说，Alpha girl 就是做人聪明绝顶，爱情一塌糊涂。

2012 年我们大学毕业，只有荷叶全优保研。向宁和荷叶一个专业，成绩紧随其后，也预备考研。他长得标致，做事勤快有天分，身边无数爱慕者，却仍然死心塌地跟着荷叶。向宁暗恋荷叶人尽皆知，散伙饭上，被我们怂恿着表白。

偌大的包厢安静下来，只有荷叶置身事外，只见她独自举着酒瓶，瞪着隔壁桌一对哭得难舍难分的小情侣，忽然就在一堆熙熙攘攘的人里，冲上台拿起话筒大声哭诉："狗眼看人低啊，我也是有初恋的好吗？！"

全场顿时惊呆了，这句话震撼无比，我们都眨巴着眼睛围上去。

那个男的被称作 K 牌，是个乐队的主唱，据说开车沿着公路一直表演，荷叶就这样在路上遇见了他。后来她去给人送水，替他伴唱，给他打拍子，苦练吉他。一条绵延上百里的公路，一望无际，行车两小时，也只能到达这条公路的一半，在重重的树荫里，沿途有篝火，有歌声，爱情开到漫山遍野。

那时荷叶终于鼓起勇气对他表白："每次都是我看着你走，这次可不可以换你看着我离开？"K 牌的回答是个反问句，他问："如果有一天我去了很远的地方，把自己打包成礼物，你会不会签收？"

荷叶被这句话俘虏，我们听完却掉了一地的鸡皮疙瘩，觉得这初恋太梦幻太矫情，一致认定荷叶在胡说吹牛。我一边看着向宁的表情，一边对荷叶摆摆手，说这不科学。后来荷叶想了想，大声说，我有证据，他真的送了我礼物。然后开始一个劲儿地摸着脖子，大概是项链，她来来回回地找，可是脖子上光溜溜的，什么也没戴，最后急得眼睛都红了。

台下一堆起哄的，嘘声一片，只有向宁一脸落寞。

那年夏天过得尤其匆忙，荷叶没有继续读研，她在我们之后毕业工作，辗转换了好几座城市。接着，向宁考研失败，心灰意冷，决定一个人背着包去旅行。有人推测荷叶拒绝了向宁，陪着 K 牌浪迹天涯去了。

向宁从高中开始陪伴了荷叶七年，K 牌只是个半路出现的无名小卒，这样的结果，让我们都十分诧异。

向宁出发那天我去机场送他，登机前我忍不住问："你见过 K 牌吗？"那天我看到你在荷叶的微博底下留言了，你让她考虑别走，所以你一早就知道了对不对？向宁先是摇了摇头，停顿几秒，再点点头。

那时玻璃窗外的飞机降落起飞，我们一起看着无数人分别和重聚。明明很多时候，天空和公路都一样，我们只想尽心尽力地把眼中的对方变成沿途的风景，即使身在远方，尽头只有风雨等候，也依然想要走到那个人的身边去。荷叶的不顾一切，让向宁的眼睛红了。他说："我没信心，有可能就不回来了。"

对，这一个充满是非的伤心地。

临走前他跟我笑笑，说其实很多事跟坐飞机不同，不必等一个晴天。

我拍拍他，"明白的，爱情这玩意儿就跟我们逝去的青春一样，一旦远去，就只剩下一个接着一个的寂寞贫瘠了。"

我默默跟在他后面，目送他走进闸道，他的背影坚毅无怨无悔。喜欢一个人，愿意拼了命为他付出很多很多，想知道他的冷暖，参与他的喜悲，喜欢让一个人变成了另一个人的影子。

后来向宁的朋友圈开始发一大堆旅行的相片，他每天变换途经的城市，拍很多不同的风景。背着包的向宁显得特别高大，头发剪短了，衣服从夏天换成冬天，我一条一条地留言。一个多月后，向宁最新的消息是一张他和荷叶的合照，背景是漫漫黄沙，天空蓝得透彻，两个人笑得好像故地重逢。

在此之前，向宁在敦煌给我寄了一张明信片，上面写道：荷叶有句话说得很对，爱一个人，就是不想再看着他走了。旁边画了一个歪歪扭扭的笑脸。我恍惚想起荷叶那时对K牌的告白，她问他说这次能不能换你看着我离开。我理解，可是手指迟疑了很久，一句话也写不出，最后只好给那张合照点了个赞。

那之后没多久向宁就回来了，脖子上挂着相机，皮肤晒得黝黑，身后牵着荷叶。很多东西不必深究，聚会的时候，荷叶的脸色不好，变得沉默寡言。我们不明所以，也不敢多问，只好先商量着在他们面前绝对不要提起那个男生的名字。然后几个人逛街购物，胡吃海喝，晚上去小酒馆斗地主。

酒馆里吵吵闹闹，我们这桌显得特别沉重，其实我明白，有些悲伤根本无从掩盖。几圈牌打下来，有个女生太激动一把打了四个K，我反应过来，想提醒她，她却毫无知觉地大叫一声"炸"，然后荷叶就炸了。荷叶拿起面前的酒杯一饮而尽，啪的一声放下杯子就哭了，一个劲儿说着"要不起，我要不起"。

我一通手忙脚乱，到处翻纸巾，只有向宁默默地抽出了整副牌的"A"，安慰她说："没事，A管K，你一直是A级人生，是A＋。你在我心里就是A＋。"我看着向宁，诧异这句比任何赞美都贴切的情话，然后荷叶才勉为其难地点点头，破涕为笑。

荷叶失恋了，K牌成了前男友，向宁还是千年备胎。可是那一刻，连我都想祝福他，我希望他那么真诚的心意，再也不要被她轻易地丢弃。

那天晚上，我们都喝了很多酒，向宁照例背着荷叶回去。之后我和他坐同一个方向的公交车，凌晨的街灯亮了很长一排，沿途灯色无比沉重。向宁酒量很好，每次都只有他悲催地清醒着。

大概酒量是可以练的，有些烈酒，在一定程度内喝对健康有益，然后一点点累积，酒量就能变得很好很好，千杯不醉。但是爱情不同，爱一次，就少一点。第一次栽了是失误，第二次是忍受，第三次只能是心碎了。最后碎着碎着，心就完了。我们坐在最后一排，我随口问他是不是真的很喜欢荷叶啊。

向宁告诉我，荷叶是他的初恋。

他还说，他那天找到荷叶的时候，荷叶正坐在马路边哭。他从来没见过荷叶那样子哭。那夜在北京，更深露重，整座城市只有一半是热闹的，大得看不见任何人的影子。荷叶一个人从K牌的出租屋走出来，零摄氏度的天气，穿着拖鞋，走了很远的路，向宁只好走过去抱着她，让她靠在自己的肩膀上哭。

荷叶跟K牌走过了很多座城市，K牌唱歌多年，事业停滞不前，工作室也破产了，两个人住在狭小的地下室里，一有点小事就吵架。荷叶枕着向宁，很认真地一字一句地说："明明不是我一个人走的，可是我累了，我真的走不动了。"

"你知道吗？"向宁转头问我，"荷叶那么要强，高中的时候，她是女篮的队长，甚至在脚受伤时还带伤赢了好几场比赛，她从不言败，很爱笑，乐观得不行。可是，爱让人获得多少勇气，就会让人蓄满多少泪水，失去能让它瞬间决堤。"他又重复了一次，"我从来没见过荷叶哭得那么伤心。"

我点点头，外头的光线不时照进来，变成一道道的阴影，分割出我们看似都异常强大的外表下，实则脆弱痛苦的内心。向宁比我提前一站下车，和从前一样，在车门前冲我摇摇手，说声再见然后转身，夜里他的影子那么长那么深。

是的，爱一个人，真的不想再看着他走了。


半年后，我收到通知被公司调去台湾培训，因为手续麻烦，估计一年半载不会回来。荷叶辞掉工作回学校重新考研，向宁白天在一家传媒公司上班，晚上就去图书馆陪她看书。我临走前，赶上了向宁对荷叶的世纪大表白，我猜向宁准备了很久，因为情伤毕竟是可以治好的，只是需要时间。

那天是向宁公司举办的绿野音乐节，我们开着他一个同事的越野车，呼啸着穿山越岭，到达活动地点的时候，一大片草地都扎满了帐篷。晚上我们围着火炉烧烤，听山野间不停掠过的风声。节目还没开始，不远处的舞台一直在调试音响，然后我忽然听到了向宁紧张而腼腆的声音。

话筒的回声很大，大概能穿透星空和山岭，他结结巴巴了好一会儿，才终于说出了一句，"荷叶，我……我想娶你。"

台下顿时欢呼一片，口哨声连绵不绝，荷叶的眼睛死死盯着舞台，投射下来的灯光照亮了她的脸，她的眼睛都没眨，可是很快就红了。那时舞台的背景屏幕放出了好几张相片，大概是他那段旅行时拍的，一闪而过，都是同一个女生的背影。

走的、跑的、手舞足蹈唱着歌的，可是只有背影。

向宁说："那段时间，其实我没有去旅行，我怕你挨饿，怕你受凉，怕你不习惯一个陌生的地方，所以我擅自去找你，我在你身后看着你走，我只等着你回头。至少，在你伤心绝望的时候，我还能以最快的速度走上去，抱一抱你。

"所以荷叶，我不想你走了，我想娶你。"

底下的呼声更大了，很快，荷叶的眼泪就流了下来，她终于在那道白光里，缓缓地、坚定地点了点头。那个时候，台下的人那么多，人头攒动，可是荷叶的体育很好，她用最快的速度拨开人群，一下就跑到了他的身边，最后他们在舞台相拥，我们一群人都在下面鼓掌。

砰的一声天空飘满了烟花，零点过了，接着音乐响起，节目开始了，声音震耳欲聋。我看了看手里的节目单，第一个表演的乐队叫扑克同盟，我一愣，转头看着向宁和荷叶在台下最近的地方，相拥着拿着荧光棒挥舞双手。

我忽然想到，不知道K牌是不是也长着一张扑克脸，是不是也这样摇头晃脑地大唱摇滚，可是当我回头，台下的荷叶，笑得一无所知，笑得明媚，笑得所有的悲伤都烟消云散。那一切好像都已经不重要了。

去年春节，我在台湾待满一年，正好可以赶回家过元宵节。向宁和荷叶计划第二次蜜月旅行，我一回来，他们养的那条金毛就寄养在我家。我的老大不情愿地给它喂最便宜的罐头，半夜的时候摸摸它，发现它脖子上挂着一个很精致的项圈。

是一条项链，坠子是一张扑克牌的K，这让我恍然想起荷叶在散伙饭上一直在脖子上找的K牌的定情信物，然后忍不住笑了，原来我们的初恋都被狗吃了。那时候，狗狗正低头吃着狗粮，发出呜呜呜无辜的吞咽声，我忍不住眼眶就红了。

刚去台湾的时候，我带的东西很少，但是这些年陪伴我走南闯北的只有钱包里的那张合照，还是刚上大一时，我在同乡会上第一次遇到向宁时拍的合照。相片里大家都在看镜头，只有我眼睛毫无意识地看着他，那么多年了，这张相片都像一场卑微的单恋。然后我把它拿出来，留在台湾的公寓里，再也没有带回来。

我和他一样，爱一个人，可以目送他转身，护送他离开，等下一次再不远万里地赶来。岁月太长，我们一定会成为某个人的初恋，也会把某个人当作生命中不朽的人，但是幸福太像刀锋了，握紧一点就会血流成河，所以过往种种相思成疾，以及那句还未来得及说出的我想照顾你，现在我统统都不想要了。

凌晨三点的时候，荷叶发了一条朋友圈，照片是一大一小的行李箱，还有一对紧紧牵着的手，她说，这次的旅途很远，凌晨在厦门转机，幸好身边有你。

很多从前的旧同学都发了祝福，留言里一颗颗红扑扑的爱心。那个时候我想，降落比起飞容易，只要爱对了轨迹，我们谁都无须备降，等一个晴天，一定会安稳地降落在阳光万里的陆地。

# 05

为你写诗，
为你节食

大概是 2008 年，大学城附近开了第一家国立图书馆，在一条栽有很多杏树的宁静小路上，里面摆了好几层硕大的书架，书很新，种类齐全，弥漫着一股特别的油墨味。旁边除了阅览室还有一个宽敞的自习区，一到下课就聚集了不少来看书的学生。

那年我刚上大学，假期时和欢欢在图书馆做兼职。她位置后面的窗台正对着马路上满地的杏花，每天下午的时候，她会趴在窗台上看川流不息的行人，接着季旸会准时从小路上出来。

季旸也是附近的大学生，9 月过后念大四，成绩优异，每次来图书馆都会借一本物理和原版的外文书。欢欢在登记的间隙里偷偷地打量过他，皮肤很白，个子大概到书架的第六层，但是太瘦，说话的声音很温柔。

每次对上他的眼睛，欢欢都自卑得坐立不安。

其实欢欢长得不赖，品行端正，可惜个子不高，却是一个 150 多斤的胖子。她在玻璃柜子前转来转去，看着倒影里的自己，捏了捏脸上和腰上多余的赘肉，唉声叹气。我忍不住和她说："其实胖点好，体胖才能心宽，胖子脸皮也够厚，如果真的喜欢就去试试吧。"可是那时，欢欢从书与书之间的缝隙里偷瞄着坐在自习区的季旸，她的目光变得渺小又难堪，她自言自语地念叨，这个世界上有千百种喜欢，我们都要等到彼此相匹配的那一种。

我明白欢欢的顾虑，因为有些界限的确不是那么容易跨越的，它需要付出很多很多的努力，否则一旦失败，她大概就会永远陷在那个书和书之间无止境的缝隙里了。

为此欢欢曾经努力过。她拼了命地减肥，只有中午吃一顿，就几根清淡的白菜，饿了就喝水，实在太饿就睡觉，第二天继续硬撑着长跑，把所有的精力都花在如何降低体重上。直到她眼冒金星，低血糖在图书馆门口晕倒，被人艰难地抬上救护车。

那时我刚和男朋友分手，不到一周他就带着新女友出双入对地来图书馆自习，我看得怒火中烧，为了报复，把所有他们要借的资料书统统藏起来。可见男人都是人面兽心，承诺的天荒地老，就这样说不爱就不爱了。所以我不能理解欢欢的行为，等她醒来后便好言相劝，我用我的经验告诉她，爱慕一个人，可以为此放低姿态，但爱情一定会有终点的，别到头来落得连转身离开的自尊都没有了。这并不值得。

而欢欢一只手吊着葡萄糖，另一只手把我递给她的面包推回来，似懂非懂地点点头，然后和我说："原来我一直都错了，你看，这是我新制订的减肥计划，健康的。"


这个世界上有千百种喜欢，息息相关是最美好的形容词，两颗心像磁铁，目光像平行线，双手十指紧扣，我们都愿意为之奋不顾身，任劳任怨。

欢欢的节食理念很浪漫，她经常说，试过仰望一个人，把对方变成了岸，遥不可及，而她披荆斩棘，也只是想换来登船的资格。我打趣她，"对，胖子会把船坐沉，胖子是没有尊严的。"说到这句话的时候她的肚子很应景地咕噜噜响起来。此后欢欢开始了新的健康减肥法，有规律地控制饮食，慢跑，少食多餐，不过依然是清汤寡水，面对薯片炸鸡临危不乱，让我不禁感叹爱情的魔力。

一个月后，欢欢成功瘦身 10 斤，她在体重秤上惊得难以置信，欢呼雀跃。那天下午，季旸比往日来得要早，在前台刷书的时候，主动和欢欢说了第一句话。他的眼睛很亮，他察觉到了，并微笑着说，你瘦。这句话让欢欢愣了半天，并反复咀嚼，那一天图书馆人来人往，窗外落英缤纷，到处都更改着万千事项，可是他一眼就看出了她的变化。

季旸的那三个字成为欢欢继续减肥的动力，有一种狂奔叫作义无反顾，就像在背后烧了一把火，不往前冲就会被烧成灰烬。我不知道欢欢是不是属于这种，但是那次之后，似乎少吃一点肉和多跑一公里让她觉得不那么痛苦了。

有了那次开头，欢欢和季旸的对话开始逐渐多了起来。起先是季旸先说一两句，欢欢每次都能接上，一来二去，欢欢也鼓起勇气主动找话题和他聊天。他们聊功课和网球，季旸最喜欢的球星是罗迪克，喜欢下雨天，但总是不记得带伞，这些欢欢都了如指掌。再后来也谈论赛车和动漫，原来季旸并不是那种只会死读书的好学生，他会画画，会弹钢琴，梦想成为赛车手，也喜欢看电影和研究星座，之后这些慢慢都变成了欢欢的兴趣。

大概有的时候努力地投其所好，不仅仅是因为喜欢，也想变成像对方一样更好的人。

6月的时候，馆长在自习区的墙上刷了一面留言墙，鼓励来此准备期末考试的学生。粉白的墙壁上很快就贴满了花花绿绿的留言，可是励志的话不多，倒成了情侣们互相表白的胜地。欢欢也用一张粉色的心形便签给季旸打气，贴在他常坐的位置旁边，只写一句"加油"。

欢欢瘦了15斤，成功和季旸变成了好朋友，她了解他的喜好和习惯，知道他爱吃青梅，就在他每次来借书的时候往他的书里夹一包，抽屉里随时准备着给他的饮料和雨伞。他们基本上无话不谈，也有羞于启齿的、不敢说的话欢欢都写在了留言墙上，不过每次都没有落款，淹没在无数的情话之间。

很快那些便签大大小小写完了好几本，我看不下去，劝她写得明显一点，欢欢在我的怂恿下终于直白地写下了一句"季旸我喜欢你"，而在写自己名字的时候她再次犹豫了，笔尖点在最后的位置，直到墨水渐渐渗透也没能提起勇气，最终落款的地方只有黑色的两个小点。我正恨铁不成钢，可是没想到这次季旸竟然回复了，在那张便签的下面写了一串程序编码。

欢欢很高兴，却摸不着头脑，对着那段程序苦思冥想，我成绩不好，也爱莫能助。直到两天后，被隔壁理工学校的一个女学生轻而易举地破解。理工女有个很文静的名字，是他们学校有名的才女，个子高挑，大概90斤不到，喜欢穿碎花的短裙。那样的人脸上总是充满着自信和才情。理工女来借书的当口，看到了那串程序，不到半分钟就写下了答案。

这件事后来被传成了一段美谈，才子配佳人，天生一对，只有我能理解欢欢的心酸，月老没有因为她的辛苦而垂怜，却让她为别人牵了一次红线。

此后欢欢更加发奋减肥，食物减半，健康抛诸脑后，开启极速模式。我以为她的这种勇气可以支撑起饿扁的身体，可是她却说，越努力，心里就会越孤单，因为时间在走，等的人未必还在原地。欢欢成功减到110斤的时候，终于迫不及待地写下了第一封留有自己名字的告白信，贴在最显眼的位置。可是这次，季旸却没有看见。

一天，两天，那张蓝白格子的小信纸上画了一颗爱心，却被孤零零地贴在那里，然后渐渐被其他便笺覆盖遮挡，变成一颗落入海底而没有回音的稀烂的心。

那时下了入夏以来的第一场暴雨，季旸视而不见地走过留言墙，头也不回，门外响起噼里啪啦的雨声，欢欢慌忙拉开抽屉，里面有一把特地为他准备的雨伞。欢欢追到公车站，大概有些话根本不必说，它本身就带着爱慕的光芒，可最终季旸还是没有回应她。最后她只是把伞递给了他，接着目送着他的背影走上了理工学校的车。

雨越下越大，很快打湿了欢欢的肩膀和头发。冒着雨跑回来的时候，欢欢的手里捏着那张千辛万苦从留言墙上找回来的信纸，那封信终究没有成功送出去，被她紧紧地攥在手上，因为被雨淋湿，上面的字糊成了一团，模糊得再也看不清了。

最悲伤的事，是有的人一鼓作气，却一下子花光了真心。那次欢欢得了很严重的感冒，两周后再次暴瘦10斤。原本那些成为她的信念的食物，如今被她狠心遗弃和无视，让我都替食物感到惋惜。

100斤的欢欢称得上窈窕淑女，而季旸再也没有来图书馆。理工学校离图书馆较远，加上有专门的自习室，听说季旸每天都在那里陪着理工女一起复习，9月后准备在同一个地方实习。尽管如此，欢欢依然在坚持着节食，那时候她的身材看起来已经很好，不是瘦削的骨感但均匀有致，脸上也因为减去了多余的肉而让五官立体而丰满。可惜无论她变得多么美好，都少了一个重要的人。

新学期开始后，欢欢就辞去了图书馆的工作。最后一天，我默默地替她收拾着东西，那时已经到了闭馆的时间，她孤寂的背影对着那堵留言墙，手上拿着一本《犬夜叉》的台历，上面用红笔画了好多个圈圈。我一言不发，有些伤感，好像我们都不是一个会拼命的人，但是努力工作，努力一个人吃饭，看日落，逛熙熙攘攘的街道，如果顺利地没有想起任何人，就在日历上画一个圈，然后过了很久很久，那每一笔鲜艳的红色，都代表了我曾经努力忘记你的一天。

收拾好东西往回走的时候，我试着问她，既然这样，有没有试着争取过。欢欢两手一摊，说后来她去表白过一次，就在理工学校的门口，不过被拒绝了。不是当初所害怕的那种被羞辱的方式，而是和平的拒绝。她和我说这句话的时候我们正路过小吃街，欢欢下意识地停在一个啤酒摊前，烧烤的味道飘进鼻子，桌子上很多人三三两两地喝酒划拳。

欢欢看得眼睛都红了，说她好久没有这么敞开吃了，我听得鼻子一酸。她说对一个胖子而言，减肥太痛苦了，有好几次都以为自己会饿得活不下去了，可是季旸的拒绝却是那么和缓简单，甚至让她挑不出一丝的埋怨，所以现在，她只想自己可以过得好一点。我用力地点点头，去他的卡路里，索性今晚不醉不归。


欢欢走后，只有我无聊地继续在图书馆工作，日复一日的悠闲，体重增加了不少。欢欢却始终保持着匀称的身材，那时候她90多斤，玲珑有致，宽松的长裤统统变成了各式各样的裙子。我有些羡慕地问她是不是还在减肥，她摇摇头苦笑，说爱吃就吃，大概因为心里漏了一个洞，所有的能量都用来填补了那个空缺吧。

两年后我们进入实习期，欢欢是个 80 斤的标准美女，身材火辣，追求者前赴后继，或许那时候有些人已经彻底成为过去，因为欢欢正在全力以赴做着更好的自己。我们实习结束后，在学校待最后半年，那时季旸早已经出社会拼搏，再次见到他的时候他在图书馆借书，清一色的销售书，那本书名是《如何打动客户》的书被他放在前面。也许是多年的应酬交际，当年穿白衬衫瘦削的少年已经有些发福，肚腩在紧身的衣服里微微显出来。

这个落差让我感到诧异。欢欢已出落成了女神，举止优雅，落落大方，特别是为了迎接职场而准备的贴身套装，细长的腿包裹在裙子里。加上那段时间的累积，她不是那种无趣的人，她懂汽车懂网球，能从第一句开始知道对方的兴趣，会抓重点善解人意，对鉴赏画作和星座都能侃侃而谈，这些从前都是她的兴趣，现在变成她的利器。没人会记得她抱着薯片满脸横肉的模样，也没有人会在意她曾经为了减肥而跑步节食的艰辛日子。时间是刻刀，只会留下最终的模样，销毁爱情的半成品。

所以那天再次见到季旸的时候，她也只是云淡风轻地问了我一句："刚才那个不是季旸吗？"我回头看，他提着一袋书，阳光照在他行色匆匆的脸上，我回答好像是吧，大家都变了呢。没错，最终我们都会忘了曾经这么拼命努力的初衷和意义，是为了能和你肩并肩走在一起，还是为了看你对我青睐的目光？我咬紧牙关，并不是为了你挂满一身伤疤，而是为了脱胎换骨成更好的自己。

我们毕业的那天，回图书馆还最后一批书，欢欢打算回老家工作，当初那几本被她视若珍宝的网球杂志和赛车的书籍也统统捐给了图书馆。她一边打包一边笑着说，东西太多了，带不走，看不完的等下回再看吧。

我们从图书馆出来的时候，馆长正在重新粉刷留言墙，大概他也看出了这个墙壁弊大于利，所以决定把上面的字条统统撕下来，挂上马克思和爱因斯坦的画像。无论如何，陪伴我们三年的留言墙被粉刷得一干二净，如同我们即将结束的青春，面目全非，只剩缅怀。

欢欢走得决绝，只有我忍不住回头看了一眼，那时地上有张粉色的心形便笺，好像是欢欢辞职前留的最后一张，上面的字写得工工整整，却被滴落的油漆盖住了，要很认真才能看得出来。我跟馆长说了一句再见，然后追上欢欢的脚步。门外的阳光非常好，温暖和煦，我想了好一会儿才明白了那句话。

——这个世界并非那么糟糕，虽然我不曾和你下雨天满世界地奔跑，虽然我们没有实现开着车听风在耳边呼啸，虽然上帝最终没能让有情人的结局如愿以偿，可是和你待在一起的短暂的每一分一秒，都是我认认真真、用心陪你走过的时光。

欢欢 to 季旸

# 06

## 梅子黄时雨

也曾少年，也曾辜负昨天。

　　每当我跟朋友提起你的时候，只说在我的梦里。有一年我看电影，看着看着忽然发现银幕里的人变成了你的样子，你走在江南下着绵绵细雨的人行道，梅子黄时，缠绵五六月，你撑着灰色格子的雨伞，绿灯亮了你始终没有回头，然后我们在千山万水人海中相遇，我想叫你，却发现无论如何也叫不出你的名字了。

　　后来朋友曾叫我试着去找你，打探你的近况，这样大概我就能继续好好爱别人。可是去年，我横跨半个中国去听刘若英的演唱会，恍然想起十年前第一次听她的歌，是和你在一起的时候。十七岁，盛夏的傍晚，我因为打赌输了，如约请你喝汽水，你为了替我省钱，拿了两根吸管，一黄一绿，同饮一杯，坐在操场的秋千上，广播恰好就放着刘若英的情歌，好像真的就只有你曾陪我在最初的地方，晚霞那样灿烂，青春不负离殇。

然后我在拥挤的现场，同样下着迷蒙细雨的城市，静静地听刘若英在台上演唱，那一刻我看见什么都想起你，执着地挥舞荧光棒，忽然泪如雨下。


啊，那一个人，是不是只存在梦境里。

为什么我用尽全身力气，却换来半生回忆。


十年前，我有一个陪我听歌的人。

江南湿润，日长路薄，晨起的光线穿透云霄，沿途都是树荫，是漫长梅雨季的起初。我十七岁，刚升入高二，成绩中等，大家开始有了紧迫感，课间十分钟不再跑出去打球，因为全挤在狭小的教室里，显得吵吵闹闹。那个时候我坐在窗边，喜欢在饮料盒上随手写一些词句，喝完后再整齐地排列在窗台上。那一天，忽然有人轻轻叩响我的窗扉，然后传来了一个低沉的声音："同学，天道酬勤的酬字少了一横哦。"

我慌忙抬起头，只看见一个路过的高大的背影，黑色的短发，穿着白色的汗衫，外面套着浅蓝色的校服，脖子的肤色很白，阳光落在他肩头，我努力想看清楚他的样子，可他头也不回。

走廊上的女生开始窃窃私语："快看，那个转校生！"

"哦哦，外国人？"

多年以后，我始终记得这个场景，踩着走廊细碎光影的，一个很高很高的背影，双手插进口袋里，头发又柔又亮。我始终记得那个饮料盒子上，天道酬勤的成语后面写着的是：

今夕何夕，见此良人。

事实上我早有耳闻，据说隔着一层楼的重点班，新来了一个转校生，加拿大华人，才貌双全，备受瞩目。只是我没有想过，他的个子会那么高，皮肤那么白，声音那么动听。好像有些人，单是遇见就运气不菲。


准确来说，我和他第一次正式见面，是在文学社的教室。我受喜欢读书的祖父影响，高一就加入了文学社。那天下午我一边打着哈欠一边整理新人名单，忽然有人闯进来，带着一身阳光，笑容明媚得像流云。我很惊讶，看见白色汗衫和蓝色校服，便不由自主地低头看着手里的报名表，最上面那页姓名栏里写着"MING"。

那是我第一次看清楚他的样子，猝不及防。他露出笑容的时候，背着光，脸颊上有两个浅浅的酒窝，眼睛像月牙儿，我失神的空隙，他走过来伸手在我眼前晃了晃，我回神，故作洒脱地问他："中文名字？"

他回答说："何鸣，一鸣惊人的鸣。"

我忍不住笑起来："外国人也懂一鸣惊人？"

他虽在加拿大出生，但是父母都是中国人，眉宇间既有南方人的温柔，黑色的瞳孔又带点深邃。他中文流利，能说会道，字却写得不怎么好，笔画笨拙，一行字时常写得歪歪扭扭，往后我总笑他字如其人，但是心里并非这样想，倒是和他一起看书时，读到风度翩翩，总是忍不住转头打量他的侧脸。

彼时，他就堵在漏进艳阳的门口，手里抱着几本书，啧啧道："我不仅懂得一鸣惊人，我还懂得鱼跃龙门，赵若鱼副社长，鱼是鱼跃龙门的鱼吧？"

"打听得还挺清楚。"我暗笑。

"没办法，谁让你手握文学社的生杀大权呢。"他摇头晃脑。


"赵若鱼，典型天蝎座，有仇必报。"他说他了解过我。

"若鱼若鱼，伯虎伯虎，难怪你说你喜欢唐伯虎，你们的名字都有一个动物哎。"

"小个子，你怎么除了文科以外，其他成绩那么差啊？"有时他还会这样不停地念叨。

往后熟悉起来，好几次他忍不住用力攥着我的手臂，或者拉着我的衣领，无可奈何地嚷道："没认识你之前，觉得你安静内敛，没想到认识你之后，蹦蹦跳跳，所以，你应该是如鱼得水的鱼。"

鱼儿有水，我有一心人，两者皆是无价宝，难得有情郎。我笑笑，没有什么不对。


何鸣是我见过最守时的人，每天下课，响起第二道铃的时候，就会风风火火地出现在文学社门口，被我戏称为踩铃一族。他成绩优异，是出类拔萃的尖子生，家庭条件好，为人大方，时常有男生找他组队打球，女生则相邀做功课，但他总喜欢一把扯住我，用我当挡箭牌，装作无辜地说："不行不行，今天不行，我们副社会杀了我。"

我没好气地叫道："别再把我推到风口浪尖上！"

但是他一定不知道我心里的窃喜，每次和他走在一起，看行人投来敏感或羡慕的眼光，我总觉得自己就像围绕着一个太阳，会发光发热，炽烈地燃烧。女生的心思就是那么狭隘，多少人都爱慕的少年，竟然陪伴在自己的身边。

我们有时并肩穿过操场，看充满元气的人在风里狂奔而去，有时聚会，有时逃学，白天谈笑风生，夜里把酒言欢。他喜欢看电影，喜欢那种把故事娓娓道来的温情片子，喝自己磨的咖啡，加拿大的家里养着一只高傲的俄罗斯蓝猫，因身高的优势，篮球和网球打得特别好，乐意把生活过得有质感。

有些人，一定会把人生活得像首诗，常伴在他身侧，只想时光再慢一点再慢一点，有一些人，一定会让你心甘情愿，带着所有的青春前去。在那个时候，我知道是他。


高二升入高三以后，学校规定高考冲刺阶段不允许参加任何社团活动，我卸下文学社副社长一职，每天下午放学到晚修的那段时间变得空闲，只能呆坐在教室，眼看着黑板上每天都减少的倒计时数字，自怨自艾。

我偏科厉害，上半年的英语会考补考机会仅剩一次，他得知我的困境，一边嘲笑一边下楼到班上找我，替我补习功课，给我画重点，押题。他的英语相当好，标准的美式发音，我每次都听得很认真，比起教英文的老头来，生动又细致，我喜欢叫他："快多说几句来听听。"

之后他会给我念英文的散文或者诗歌，声音那么婉转，词意肆意又悠扬。那时快要进入盛夏，黏腻的雨季过去，蝉鸣开始扰人不休，地面上匍匐着巨大的光圈，浓重火热，茂密的树冠透不出一丝光影，层层叠叠，繁花盛放，他说："And summer's lease hath all too short a date."

我问他什么意思，他迟疑一笑，如果要用最美丽的中文概括，那叫"生如夏花"。

人生苦短，既然生，就要悲喜有终，灿烂盛放。他说。不知道为何，我总觉得他在念这句英文的时候，语气里带着一丝悲伤，我不知道他曾在异国经历了什么，是否遇过生离死别，是否短暂如夏花般爱过一个人，但是他的眼皮沉沉的，欲言又止，说到那句话的时候，眼睛里充满悲戚。

从那以后，我仿佛也明白了盛夏的美丽与忧愁，开始体会，喜欢上一个人，会拼死记住那一整段时光，即使它往后隔着十年的岁月。那一次，我们坐在秋千上，分享同一盒饮料，他问我："为什么那么喜欢在饮料盒子上写东西。"我想了又想，回答他，"有人说味道的记忆是最长久最深刻的，大概写上想写的话喝下去，这样记得比较久，永远都不会忘记。"

他淡淡地点点头，顺手拿过我手里的饮料，也不分是谁的吸管，张口就吸，"那样算不算间接接吻了？"那时夕阳的余晖落在他的睫毛上，我的脸一下子烧得通红，别过头，忍不住问："国外是不是比较开放，你在那边有女朋友吗？"

他一怔，过了很久很久，才回答："算有吧。"

我垂下眼睛。

"一个陪我度过特别难过的日子的女生。"

"哦……"

这是我始料未及的答案，耳边传来操场上零星打球的声音，可是最清晰的是广播里，正循环播放着一首苦情的歌，唱得那么遗憾和揪心。我不知道对方是什么样的人，但是能牵他手的，能被他爱着的，那是何等幸运。我的头越来越低，他的眼睛已经不再转过来，而是目视前方，所以他没有看见我那一瞬间难以自持的失落。幸好他安静地坐着，再多说一句话，恐怕我的眼泪会忍不住掉下来。

那个时候我才知道，自己原来已经这么深刻地喜欢着他了，深刻到让我觉得，这百无聊赖的一生，不想要了，今后，我也想陪他度过所有的风霜雨雪，任何难过和坎坷，我都不愿意再让他一个人。

我们毕业后的第一年冬天，遭遇了百年难得一见的寒潮，江南的冬天温度不低，但是潮湿刺骨，一觉醒来草地上结满了冰霜，没有大雪纷飞，但是时常会有连绵不绝的细雨。高考成绩出来后，我消极过一段时间，虽然分数比预期的高，英语考得出乎意料地好，但是，毫无意外我和何鸣的分数相差甚远，再无缘同一所学校。

他超出重点线上百分，数学仅以四分之差与状元失之交臂。学校贴出他的大字报，上面有一张他的照片，正襟危坐，笑得阳光帅气，路过的人都议论纷纷，临校的女生特意来打听他的消息。我跟在他身边最后一次游校园，他穿着白衬衫，校服外套搭在一边的肩膀上，纤长的手拎着两罐饮料，一罐是他的，另一罐太冰，他替我拿着。与最初的虚荣感不同，那次我在心里小声地抗议："我不喜欢我喜欢的人，被太多人喜欢。"原来就是这种感觉。

很多很多年以后，我时常想起那一幕，那时我多恨自己只是凡夫俗子，我多怕自己内心不够正直，怕这倾慕不够坦荡，怕配不上你。我配不上你。


最终何鸣选了外地的一所重点大学，我留在本地。开学前一个星期，我和高中的几个同学去他家烧烤，那是一栋复式的小楼，他一个人住，有宽敞的院子和阳台，还有一个能打开天窗的阁楼，明明是替他庆祝新学年的到来，但是那天的酒却喝得极其苦涩。

我们在院子里烤火，唱唱跳跳，谈论未来会遇到的女生和锦绣年华。一群人把家里闹得乌烟瘴气，他也不生气，只是静静地喝着闷酒。后半夜，大家醉得七倒八歪，炭火将熄，寒潮来袭，手脚冰冷得不行。他带我上楼取外套，意外发现天窗外的星光无限好，我迟迟不肯离开，他索性陪我坐在阁楼的楼梯上，挤在一起相互取暖，安静地抬头看星星。

何鸣沉默不语，渐渐喝光了手里的酒，他早已微醺，靠着我的肩膀，迷迷糊糊地睡去。我转过头，看见阁楼那些旧箱子里，放着很多落了灰的奖杯，仔细辨认，全是一些游泳比赛的奖项，我抬了抬肩膀，问他："你居然还会游泳？你从来都没有说过。"

他没有回答，靠着我一动不动，一会儿后，他忽然就哭了，极小声地啜泣，眼泪浸湿我的领子，然后唠唠叨叨跟我说了很多话，那时我以为他只是跟我一样，不舍这分别。因为开学后我们即将各奔东西，各自开始新的生活，他不会再跟在我身后转来转去，缠着我叫"副社副社"，不会再揪着我的衣领，骂我笨喊我"小个子"。可是那一刻，宇宙无垠，一个小小的窗口就集聚了亿万星光，那么那么璀璨，我竟错觉时光还有很长，我们一定还会一起度过无数的夜、春天、风散花落和白雪纷飞。

那时我想，漫漫人世，一定有谁，值得我用一生换取一次爱情，像盛夏来临后，所有的寒风凛冽，终将消散在夏花盛放的路上，相拥的，短暂的，只用一季，就够了。


有人携手，哪里都是故乡，他从远方来，哪里都不是故乡。何鸣走后，我开始担忧他的生活，怕他挨饿，怕他受苦。他的学校距离我一千五百多公里，一年只能回来一两次，我夏天给他寄南方的水果，冬天给他寄围巾和手套。而我仍旧过着枯燥乏味的生活，平平无奇，江南的雨季却变得越发漫长。

有一年的春节和情人节在同一天，1月的时候我利用寒假找了几份兼职，冒着寒风上山去景区卖矿泉水，穿着厚厚的棉鞋跑好几个区域发传单。长大后，我无数次感慨年轻时做的这些疯狂的傻事，为了谁吃尽苦头，只是因为拼命地喜欢他，拼命到要上刀山下火海。我这样做的理由，仅仅是因为一次路过体育城，在橱窗里看见一副昂贵的游泳镜，第一秒就想起了他。他的阁楼上放着很多奖杯，他曾是游泳冠军，在情人节那天，我特别想给他一个惊喜。

何鸣回来的时候，是江南最冷的日子，阳光有限，细雨纷飞，路灯下时常集聚浓浓的水雾，露在衣领外的脸颊冻得麻木。大年三十那晚我等在他家门外，捧着一个装游泳镜的盒子，计算着来年盛夏到来的时间。风一直吹，雨水很快打湿头发，可是我心里竟然觉得无比温暖，像多年前那一晚，我们围在院子里烤火，我和他并肩坐着，细数星光。

我等了很久，可从他家先走出来的，却是一个陌生的女生。是个一眼就能吸引别人注意的女孩，她披散着及腰的长发，围着深红色的围巾，皮肤白得像雪，眼睛又黑又亮，看见我，若无其事地说了一声："嗨。"

　　我看向他的窗户，灯还亮着，我想问对方是谁，又害怕知道她是谁。过了很久，她看见我手里盒子的商标，皱着眉说了一句："他已经不再游泳了。"

　　"是吗？"我问。

　　"他没有和你说过吗？"

　　"没有。"

　　简短的对话，我却看到她露出了胜利般的微笑，就像我们还在念高中时，两个人走在校道上，一前一后，树上的落英飘下来，他拍着我的头，把校服扔在我身上，那时路过很多很多女生，她们看向我的时候，我就是这样的微笑。

　　我听见玄关传来响动，很好奇他将会怎么介绍她，结果她却径自道："我是他的未婚妻。"


　　那晚我和他坐在附近的咖啡店，灯光昏黄昏黄的，因为即将过年了，一个人也没有，暖气吹干了身上的雨水。那些年，我路过他家无数次，却从未发现有家咖啡店，仿佛我能看到的仅仅是他家种着蔷薇花的窗台，熄了灯的房间和那扇向上开启的天窗。

　　何鸣手里握着咖啡杯，相顾无言，过了很久他才淡淡地说："她是我在加拿大的女朋友。"

　　我吸了吸鼻子，藏在外套里的礼物失去意义，我有点冷了："哦，就是那个说陪伴过你一段难过时期的女孩?"

"嗯,她为了我,回国了。"他道,眼睛没有看我。

"什么时候的事?"

"上大学前的一个星期,后来她跟我考了同一个学校,三年了。"

"原来如此。"

说完这句话,窗外闪现了烟花,噼里啪啦那么嘈杂。店家打开电视机,里面的人已经倒数完了,距离曾经那些相伴,又过去一年。钟声太短,新年新气象,那前尘往事,谁都别提了。我搓了搓冻红的双手,抬头一笑:"情人节快乐。"


那个年纪还是不愿服输的,要打听他的事情极其不易,特别是他绝口不提的过去。我问过很多他身边的朋友,看他的主页,翻他的相册,只言片语地拼凑,才懂得他不再游泳的缘由。在加拿大时,他是游泳队的队长,有一个从小到大的玩伴,他们一起练习一起比赛,有一年夏天,他组织泳渡,却因为对涨潮估算失误,那个小伙伴再也没有回来。

从那往后,游泳健将再也不游泳了,所有的夏天,都将像夏花一样热辣灼心,十几岁的少年,被那些过往的人和事束缚着,身心俱焚,最终远走他乡。一点也不难猜,那个女孩,是再也不会回来的那个伙伴的妹妹,这份爱,永远带着赎罪,永远提醒着他曾经大雨吹皱潮水的粼光,响彻耳边那一声声嘶力竭的呼唤。

后来我去找他的时候,他正在收拾行李。屋子那么大,能带走的竟然只有两三个行李箱,他从远方来,四海为家,哪里都不是故乡,如今牵着一个人的手,漂泊的少年终要落地生根。我知道他这次回去,再也不会回来了。

我在背后叫住他："这样的爱，不沉重吗？"

他没有回答，爱笑的少年终变得沉默寡言，后来他说："我必须照顾她。"

他说："很早的时候，她父母离婚，只留给他们兄妹俩一些钱和一栋房子，现在，她跑来找我，她真就什么都没有了。"

他说："小个子，我要结婚了，明年夏天，我父母也会回来。"

我无言以对，至少她拥有了他，我只能笑着，再次祝福他。宴席散尽，曲终人散，被我们奉为刻骨铭心的许多日子，终会化为另一场轮回。我要回去的时候，他忽然揪住我的衣领，我笨拙地踉跄了一下，那一秒，时光仿佛一下子倒退了好多好多年。我对上他的眼睛，两个人哈哈大笑起来，他眼眶红红的，小声说："我会记得你。"

"好啊，永远永远不要忘了我。"


他走得太快，未知归期，或者再无相逢之日。有一个雨天我突然醒来，一路跑去找他，跑到伞也丢了，大雨滂沱，淋湿衣衫，我用手拍着那扇再无人应答的门，终于哭得不能自已。那一件事，我始终也没来得及告诉他。

·

就是那天晚上，我们坐在阁楼看星星，他喝了酒，无意识地紧紧拉着我的手，絮絮叨叨对我说了很多话。他的泪湿了我肩膀，他哽咽着说："如果有一天我们不在一起了，远了，散了，或者再也找不到彼此了，也不说分手，永远不能忘了对方。"我也含着眼泪，"好，永远不说分手，但是，如果有天我们真的分开了呢？"他看着我，"江海寄余生。"

我坚定地点点头，"嗯，江海寄余生。"

余生，余生，这是不是一个漫长得让人心碎的词，不然为何我那年只有二十几岁，竟然已经无法面对整个后半生了呢？他不懂得，南方多雨，极好入眠，有时候我一觉醒来，错觉一辈子是否就这样转瞬即逝了，带着我所有的遗憾，我绝望而绵长的深情，度过没有他没有夏天的一季又一季，终于，这辈子就这么孤孤单单地结束了。


何鸣离开的第二年，江南下了有史以来第一场雪，虽然它那么轻那么细，落在肩头一下子就不见了。后来毕业，我找了一份稳定的工作，有时独自走回不再有他的校道，有时和曾经的同学喝酒聊天，聊起他，感觉久得仿佛一个梦境，依稀来过，又最终走远。

还有一次，我遇到他高中和大学都一个班的同学，那位同学和我说，大家都以为我们最终会走在一起，因为那年毕业，他独自灌了很多很多的酒，每个酒瓶上，都写着我的名字。他说："我不愿忘了你，我怕我老了，脑筋不好了，但是我的味觉、嗅觉、听觉一定不会忘了你，一生一世，小个子。"

这是我后来才知道的事，但是好像已经不再重要了，相逢不迟，但统统付诸流水。

现在，我身边所有认识的人都结了婚，我和他相识在十年前的5月，从此以后我的每一年都是从5月开始的，漫长梅雨季的起初，盛夏还未来临。2015年5月，过了整整十年，我高中时最好的朋友在巴厘岛办婚礼，伴郎也是高中的同学，那个戴着眼镜的小胖墩，现在变得优雅帅气，他曾经喜欢过我，后来他结过一次婚，我们永远不确定，身边来了又走的有缘人。朋友有意撮合我们在一起，让我务必到场。

我于那天再次一觉睡过头，拼了命赶去机场截最后一个航班。我的油门一路踩到底，三步并作两步飞越楼梯，好久没有这么不顾一切地狂奔了，飞机起飞的时候，我喘得不行，穿越平流层，我甚至感到缺氧。你看，即使是过了十年的现在，我们依然年轻，依然拼命想用生命去爱一个人，春夏秋冬，终有夏天，四季更迭，不必壮烈。十年那么有限，短短几页，就能把一整个故事说完了，可余生那么长，你那么难忘，我接下来还能为你做什么呢？我希望你现在过得很好，希望你家庭和睦，福禄双全，岁月从此再无波澜。

　　飞机降落的时候，是一个超级明媚的晴天，太阳一晒眼皮就发痒。我走在异国他乡，忽然很想抬头大叫一声。


　　——今夕何夕，再见良人。

# 07

## 失恋阵线联盟

朋友在花街中心开了一家理发店叫作"失恋阵线联盟"，我空闲的时候去做过帮工。那家店面积不大，装潢却十分温馨整洁，挂着浅蓝色的招牌，开在落满枫叶的马路转角，并不显眼的位置，可是每天都有很多人匆匆地路过它。

A.M.

独自行走在城市里的人大多懂得一定的伪装，例如藏在墨镜后惴惴不安的眼睛，用耳机调到最大音量隔绝外界的孤独患者，以及长长的刘海修饰了胖脸的姑娘。沈曼好几次相亲失败，正是归咎于自己不懂得伪装和不够美好的外形。

事实上她明明有一双水灵的眼睛，秀气的鼻子，却常年被厚重的眼镜遮挡，脸型也有些宽，头发是最糟糕的自然卷，只能胡乱地扎在一起，显得十分土气。她今年已经二十九岁了，再找不到合适的伴侣，跟父母的关系还会变得更糟糕。

就在前一天晚上，她正和一个朋友介绍的地产经理共进晚餐，可是全程听他推荐各式楼盘，第二天在明确表示自己并没有计划买房之后，便被对方断然拒绝。她悲伤地将手机短信全部删除，从屏幕里看到面容憔悴、头发乱七八糟的自己，才意识到恐怕需要从头改变。

沈曼路过"失恋"理发店的时候，招牌上的几个字明晃晃地刺痛了她，蓝色大门和玻璃后面摆着的花束一度让她以为这是鲜花店。她进去坐下，发型师是一个很有经验的年轻人，帅气又毒舌，喜欢和客人聊天。他把沈曼扎着的头发解开，忍不住啧啧皱眉："国字脸，肯定不能扎马尾，不然你以为能旺夫，还有头发怎么这么卷，也就只有贵宾能跟你同款哦，没刘海，没刘海早就过时啦……"

第一次有人把她最自卑的一面这样明确说出来，可是沈曼并不觉得生气，她微笑地看着发型师轻车熟路地把她额前的头发分开，他的手很温柔，一点点地把头发理顺拉直。发型师一直跟她强调，头发一定跟心事和情绪有关，它会长长，会变得杂乱无章，大概只有修理才能抚平伤口。

发型师的动作很快，剪刀在耳边咔嚓咔嚓地响，直到吹头发的时候发型师才长舒一口气，然后举着镜子满意地点头："你看吧，中分直发就特适合你，简直脱胎换骨。"

镜子里的沈曼缓缓地摘掉了眼镜，又直又顺的头发披在肩头，一股淡淡的花香，服贴的刘海遮住脸颊，另一边别在耳后，上面扣了一个别致的发夹。沈曼忍不住眨了一下眼睛，好像对着镜子越久，她的眼睛就变得越明亮。这时身后的门丁零一声，进来了新的客人，和她最开始的时候一样，头低垂着，阴沉着脸，充满懦弱和羞怯。那一刻她再次看向了镜中的自己，好像忽然明白了剪掉头发的意义。我们都想把难过变成坦然，却不是勉强把破碎的心境缝补，而是彻底剪断过去，直面糟糕，才能变得自信。

走出理发店的时候，她的心情不错，步履轻盈，头发剪掉了很长很长的一截，像重重的回忆和早上以前的自己，统统都剪掉了。她深吸一口气，从发梢开始传遍全身的力气包裹着她，街角的风吹拂着长发，她的脚步越来越快，以至于转弯的时候与前面的人碰了个满怀。对方是个眉清目秀的人，穿着简单干净的白衬衫，手里捧着一束蓝色的鸢尾花。两个人同时捡起掉在地上的花束，他的手无意碰到她的头发，抬头的时候他轻声道了一声："谢谢。"


P.M.
花街附近都是琳琅满目的精品店，阿洋的画被挂在一家装饰店的正中间。阿洋是一个十分有个性的画家，留着齐肩的长发，事业刚有眉目，情场却遭失意。他有一个相恋三年零八个月的女朋友，和不少大学恋情一样，毕业即分别。

毕业前夕，女朋友和阿洋说，画画不能当饭吃，而自己千辛万苦拿到了 offer，公司在外地，恐怕一年也回来不了几次。阿洋由惊讶变为高兴，眉开眼笑，却笑得十分难看。阿洋是个艺术生，穷画家，活得很抽象。他理解女朋友的想法，像他这样毫无保障和不切实际的人，与其让关系垂死挣扎，不如一刀两断，毕竟大家都得面对现实。

女朋友临走的时候，阿洋去车站送她，他笨拙地替她提着行李，左顾右盼，千叮万嘱，执意要送她进站。女朋友诚恳地说，够了，这样就行了。他显得有些手足无措，夏日的正午，太阳爆发着强烈的温度，阿洋的头发渐渐被脖子上的汗水浸湿，他来不及拿出手帕，任由汗水从额前滑落下来，看着火车嘟的一声开走，只说了一句保重。

那天之后，阿洋只觉得自己的青春就这么跟着那辆火车走远了，远得千山万水。可是远方再远，依然是大好山河，他一厢情愿留在原地，也该有自己的生活。于是他开始不停地画画、投稿，努力实现梦想。这种日子十分地漫长，就像街角那条看不见尽头的小路，走着走着，只剩下远瞻。

许多人，一直想方设法安安稳稳地往前走，可惜总是生不逢时或者穷困潦倒，只能飘零多年。阿洋最终还是被现实打败，他地位不够，能力也不足，最后连支撑他的信念都被贫穷摧毁了。他想起女朋友临走前和他说的话，各种被我们奉为神圣的追求理想的夜晚，的确都会天亮的。于是他只能留意其他的工作，报纸的招聘版面被他画了一个又一个的圈，最后阿洋找了一份销售的工作，中等薪水，可是有双休，至少一周里仍然有时间做些感兴趣的事。

他把自己画的最后一幅画寄放在一家装饰店，老板是他的朋友，不忍心看他的心血被糟蹋,于是挂在了店墙壁的中间。那天下午,阿洋送画出来,看见一家"失恋"理发店,他低头扯了扯身上松垮垮的亚麻衬衣,想起人事经理提出的要求,上班的时候,衣服要西装革履,发型要清爽干净。阿洋犹豫了很久,才终于走进去。

他的头发留了很多年,固执地认为有理想的人都是出众的,至少这些年,在发型上他没少成为焦点。可是,艺术到底是什么,是等四季更迭,时间兀自狂奔,不必再为谁牵挂伤心,开始对生活感到逍遥自在,然后心满意足,生老病死;那么现实呢,是食人间烟火,脚踏实地,一剪刀下去,干脆利落?

发型师没有理会阿洋的自怨自艾,认真地用理发器给他的头发一层层地推剪。那个刺刺的小平头,像剪掉了他一身的尖锐和固执,可是与此同时,仿佛头上也有了另一种芒刺,让他可以冲进社会的洪流。果然,只要身上的负累肯剪掉一点点,就能活得更自在。

尽管阿洋一开始并不习惯镜子里那个呆板的自己,但他走出理发店的时候已经拿定了主意,先认真工作,闲暇时间继续画画投稿,等存够了钱,就去女朋友工作的城市找她。他肯努力,还有一身的画技,女朋友也许对他余情未了。

那个时候,头发大概又重新长长了也说不定。


这是名叫"失恋阵线联盟"理发店的一天,我从朋友那里听来关于它的故事。花街上有许多卖饰品的小店,特别而精致,朋友的理发店混迹其中，实在显得格格不入。可是朋友说理发店同样是给人装饰，没什么不可，并且理发店在新时代被誉为心灵的诊所，它可以改头换面，对症下药，让人痛改前非，专治失恋。念叨到这里的时候，朋友反应过来店名字似乎起得不太好，于是决定过几天换新的招牌。

我再次路过的时候，发现小店已重新装修，门口刷成了粉红色，偌大的招牌只有两个字——"情书"。

有人说，看到这家店就想起了美好的爱情，可是它竟然是家理发店……

# 08

## 老表的故事

我有一个表哥。

先暂且当他无父无母。小时候他跟我住在一起，一住八年。我是独生女，被他分掉不少父爱母爱，对他恨之入骨。他十几岁就开始看黄色书籍，经常将它们藏在我的衣柜里，还利用我的好奇心，不时在我面前提起例如避孕套等字眼。有一次我实在忍不住，跑去当着全家人的面问我爸爸，什么是避孕，结果我爸当众给了我一个大嘴巴子。

我是大嘴巴子，他是大智若愚。

他成绩不好，初中辍学，但是情商很高，经常骗得我爸妈给他买这个买那个，犯了错误装傻充愣，硕大的黑锅丢给我背，让我一直活在他的阴影下。我记得我上初一那年，被学校的一个大姐大盯上，生怕放学后被人堵在校门口，横尸马路，只好一边哭着一边用公用电话打给他。

有的人嘴上说跟你有深仇大恨，但是危急关头又总是第一个想到你。

他沉默了两秒后，说你先报告老师，老师解决不了，你再告诉你爸，你爸解决不了的，你打110给警察，如果连警察都解决不了，你再来找表哥。

而有的人，越蠢，越狂妄。

结果是我在校门口被人胖揍了一顿，为了泄恨，我决定与他一刀两断，从此不再和他说话。所幸的是，那之后半年他就搬走了，那天我妈杀了只鸡，我吃了三碗饭。庆祝劫后余生。

我原本以为可以就此远离地狱，实际是痴心妄想。

临近春节，我放假在家，想通过网络的桥梁给他复制些新年祝福，无意中逛到他的QQ空间，被置顶日记那红艳艳的标题吸引。点开后，第一次发现他居然那么才华横溢，那日记写得声泪俱下，罄竹难书，彩虹色的字体，字字珠玑。

他控诉，过年了，热闹的街道，只有他一个人冷清地漂流。家人很多，关心很少，然后问，知道他为什么总是孤独一人，不与人为伍吗？知道他为什么壮志凌云，却中途辍学吗？底下一堆的留言，内容是一排排惊悚的问号。

他说因为他念书的时候，曾路过一个工地，看见同班同学爬到围墙上去打纸牌，其中一个倒霉蛋太激动，忽然从围墙上摔下来了。同学们纷纷作鸟兽散，全跑了，唯独他一个蠢货站在那里。那年他才十一岁，手无寸铁，哑口无言。没有人愿意相信他，我爸妈赶到医院后，学校一致决定裁定他，并给人赔礼道歉。

飞来横祸，可是跟亲人之间都没有信任，他说从此对这个处处诽谤人的世界充满绝望。


喜闻乐见，我邀请全家人一起来看，结果弄巧成拙，只有我一个在拍桌大笑，回去后他们都默默地给表哥打了钱。因为在此之前，表哥曾到处找他们借钱。他很穷，没有工作，即将走投无路。后来我在一个论坛上看见他那篇无病呻吟的日记的原版，几乎抄得一字不差，才明白过来那只是他新发明的圈钱伎俩。


可是，很久之后的一个晚上，我真的做了一个梦。梦见他独自一人，天空变得很高很高，一个渺小的身影，一动不动地站在一堵无边无际的墙前面，轰隆一声，墙倒塌的时候他回头意味深长地看了我一眼，然后就被埋在了废墟下面。

我被噩梦惊醒，噩梦就真的来了，当天夜里就接到了他的求救电话。

第二天因为这个诅咒一样的梦，我屁颠屁颠地跑去给他送钱，并问，你要那么多钱来干吗？

没想到他居然谈恋爱了。


对方的名字我从来没听过，因为第一次见面他就让我喊人家表嫂。

他们很早以前就同居在一间三十平方米不到的小出租屋里，外面是熙攘的市井，地势很低，环境很差。不过家里摆上一些精挑细选的家具，吃昂贵的水果，门一关，眼睛一闭，就告诉自己爱情都在这儿了。

两个人都没有工作，一张桌子放两台电脑，面对面，不是玩游戏就是看电影，日子非常逍遥。这期间，我无数次发现表哥出手阔绰地送那个姑娘名牌衣服、包包，三天两头吃大餐和海鲜，他瞒着她，不到半年就刷爆了两张信用卡。

表哥不赚钱，也没有让那个姑娘去赚钱，而是供她好吃好喝。每次即将走到尽头，便使尽浑身解数去借，我们这些苦亲戚就是他爱的供养。四处投奔别人的人还要装凯子，我对他十几年来不变的死皮赖脸感到厌倦，让他在诚信上列入银行风险客户也好，让他 × 的办信用卡。

所以打定主意他下次要是再找我借钱，呵呵，微笑拒绝。

我曾经问过他很多次，你骗钱的手段那么高明，怎么一到泡姑就怂了？结果他的回答让我差点惊掉下巴，他说，多少不好的东西，物质都可以变成力量撑住爱情，但是生活本来就很累，不想两个人的关系再变得那么辛苦去维系。

我妈那边有个姑妈，因为生下来是女孩，被丢公厕去了，现在人在佛山混得相当好，事业有成，儿孙满堂，可是她爹到死都没有提起过她，两人老死不相往来。我还有一个表姑，嫁了个非洲黑人，她爸气得差点升天，往后不许她再进家门。不过，我有个小叔，吸毒的，偶尔搞点作奸犯科的小勾当，现在三十好几了，一事无成，家里还是乐此不疲地供着。

说白了，有的人命好，不是生对了姓氏就是生对了性别。我跟他说，我的意思是，重男轻女知道吗？如果你不是男的，或者不是我外婆家的独苗苗、三代单传，早被我们联手打死了。

支撑爱情的物质，靠的是双手的努力。他反驳我说，向最亲的人伸出双手需要勇气，一样是努力，只不过掌心向上，乞讨来了金钱也就乞讨来了爱情。我竟无言以对。

我一早知道，以他错误的世界观，这种爱情维系下去，不是变渣男，就是变禽兽。

果然，他们很快就分手了，因为说到底，几乎一大半的男人都比他有钱。

沉寂许久后，那时他的QQ空间里又写了一篇高深莫测的日记。内容是侦探与反侦探，他写他通过种种蛛丝马迹，读心神探，如何跟那个姑娘斗智斗勇，然后让他发现自己被骗了，那个姑娘有了外遇。只是那时候她伪装得很好，两面三刀，让他非常棘手和气愤。最后他舍弃了一切，整天跑去跟踪她，终于亲眼见证了她的出轨。

这篇日记变本加厉，情节写得曲折跌宕，异常精彩，被我家人疯狂转载，集体点赞。可我看到的点和他们的并不一样，跟踪？这可是犯罪。为此他似乎忧郁过一阵子，为了治疗情伤，我爸妈借给他一万块钱炒股，盘算一夜暴富。因为他坚信那个姑娘出轨只是因为出轨对象有房有车有钱，所以他决定扳回一城，赌一把。

至此我彻底坐不住了，大骂道，他已经摔钱眼里去了，捞上来也废了，你们再这么宠着他，他就真的长不大啦。

我细数他的罪状，撒谎、装疯卖傻、诈骗、跟踪狂……下九流无穷尽也。但是那天当我怒气冲冲地跑去他家的时候，居然看见他哭了。他一把鼻涕一把眼泪，面容憔悴，烟头丢得满地都是。又让我忍不住想，他是真的爱她的吧，这个男人居然在我面前这样毫无防备地哭得那么难看，这得多爱她？

表哥哭着说，为什么我那么爱她，她还是走了？
表哥哭着说，如果我有钱，一定不会是现在这种结果。
表哥哭着说，我做人太失败了，我不配当你哥。

那一刻我就心软了，最后他哭得泣不成声，转过头和我说了重点，表哥炒股炒糊了。
然后我也哭了，歇斯底里，跟他抱头痛哭，一万块钱就这么打水漂了。

这一役后，我的家人也彻底清醒，发誓无论如何都不再接济他，立字为据。往后他依然住在那间破出租屋里，衣服袜子丢得到处都是，地板积了一层厚厚的灰，啤酒瓶和可乐罐东倒西歪，一股馊味，厨房半年没开过灶。两个人在一起的时候，什么都能变废为宝，现在一个人，满屋都是垃圾。

没办法，荒废一段日子后他被迫找了一份工作。我一听，就称赞那份工作十分合适他，劝他珍惜。是在工地里给人看车的闲活儿，坐在一堵围墙边上，车一进门就给人发牌子，不用动脑，最好的是上晚班，也不必风吹日晒，薪资相当可观。

一段时间后，他终于稳定下来。那时我很少听到他的消息，只是偶尔在他的QQ空间里看见一些他出去旅游的、无关痛痒的相片。不过，既然有钱到处游玩，再没有比这更好的事了。相片里的他又黑又高，背景清一色的海岛、沙滩，天宽地阔，非常自由，他笑得好像伤心痊愈。

然后，我滑着滑着鼠标，又失落地发现，这下我们真是没有什么好再为他付出的了。

年轻的时候，比较自私，我们都不想无端为谁无私奉献，一旦对方不再低声下气，也就明白彼此间再也没有谁需要谁了。因为我们都会在漫长的伤心中痊愈，然后等待那段空白送走一些人物和是非。

他开了一个好头，往后做了几件扬眉吐气的事，看起来真的越来越好。

我闺密受我熏陶，怀疑地问，那是什么工地？该不会洗黑钱的吧？或者偷钢材去卖？我听得心惊肉跳，仔细想想，不是没有这种可能。

三个月后，他的QQ空间对我设置了权限，我进不去，相册的相片也全删了。我又想起了闺密的话，怕他真做一些瞒着我们的事，只好忧心忡忡地跑去找他。

幸好他相安无事地在家里打游戏，房间收拾得整整齐齐，走出来，只不过仍然还是孤身一人。看见我来，他说正好有事找我，我那一刻居然为这句话有些感动。他支支吾吾半天，才终于说，你表嫂要结婚了，地上那里有些红包，你带去随礼。

我往地上一看，吓得瞠目结舌。所谓的红包，居然是按捆算的，一垒叠一垒用红纸包着，大小不一。我大吃了一惊，说就凭这几堆钱，不仅随礼，都足以抢亲了，搞不好还可以让新娘后悔回头。接着又不放心地问他，你现在怎么发财了？你去抢劫了？

那是不是先把从前欠我的还给我？

大包小包背回家后，心情复杂，又惊又喜，然后决定偷偷打开，寻思着拿一些出来还给自己无所谓。结果随手一开，里面居然是一沓厚厚的电影票根，时间横跨一年以上，另一捆，则是一堆莫名其妙的图画，有些人像，有些连我都看不出是什么的风景，最后一捆，是他冲印的 QQ 空间里的那些旅游的相片。

QQ 空间的相册里没有任何标注，但是相片背面却工工整整地写着不少字。随便翻开一张，他说，你最喜欢海滩和小岛，这里是三亚，我答应过你，总有一天会自己赚钱带你来。另一张，他说，我没有护照，偷渡过来的，下龙湾，越南边境，这里的海风很大。

我鼻子一酸，好像看见在海天一色的岛屿上，有风刮过耳畔，背景无限延伸，阳光非常灿烂，表哥硕大的笑脸旁边，有一个女孩的影子。可是合照里，表哥站在镜头的旁边，每一张，都留有一大片空白的孤寂的位置。

我去你大爷！我忍不住大骂，钱是假的，工作是假的，人品更是假的。

但是他爱她，大概是真的。


他从来没有认真做过一件事，样样尽废，吊儿郎当半世，什么时候收集了这些破铜烂铁？而且还是这么老套的剧情，真搞不懂他在想什么。我想着这些东西卖了钱也拿不出手，难道还想破坏人婚礼不成？

我咬牙切齿，最后替他包了两千块的红包送去，本想给了就走，但反应过来那是我自己掏的腰包，怎么也得大吃一顿。

婚礼当天，我终于从主持人的口中知道了那个姑娘的名字，叫宁惠，她身穿一身白婚纱，满脸羞怯，两团腮红，一点都不像曾经的样子。站在她身边的新郎快四十岁了，是二婚，有两个六岁的小孩，一路撒花一路打打闹闹，哭声震耳欲聋。我不认识他们全家，孤零零地坐在属于朋友的那桌席位里，新娘来敬酒的时候，已经喝了一圈，满脸通红，新郎尽显失态，满嘴脏话。

坐我那桌的估计都是关系普通的朋友，一脸八卦，其中一个小小声地跟另一个说，你们知道吗，宁惠是因为不能生育，才嫁给这个老男人的，现在白有两个小孩，可惜是人后妈，哈哈哈。他们在笑，而我愣了一下。

新娘敬到我的时候，我紧张地站起来，手足无措，一时间不知怎么说话。四目相对的瞬间，我头脑一热，就大喊道，来，表嫂，我敬你，祝你百年好合。

她停了一秒，眼睛一直在眨，笑着举杯说，喝，喝。

我一口干了，然后喝着喝着，她就哭了。


这些事我并没有告诉表哥，他是我外婆家的独苗苗，心肝宝贝，我可不许他做出什么傻事来，而且让他一直认为女人都是势利的，也免得他日后再受伤害。

表哥直到现在都没有开通 QQ 空间的权限，我再也看不见他那些无聊的日子里，摘抄的那些心机颇重的日记了。曾经我记得印象最深的一篇，标题是：如果我们没有钱，还能爱多久。最经典的一句是：

我拼了命努力，所能够给她的幸福只是在发工资时才舍得买的一份烤鸡和饺子。一看底下的转载量居然过万，也不知道作者是谁，让这些孤单的人，都一一选择用它来装 × 和疗伤。

不过，比较刺眼的是，那时我看到底下表哥的原创只有六个大字：我认命，不认输。

时光终于把一件事送走，只留下一个寂寞人，所以我们故意站在原地，却只能回头。

# 09

## 行云流浪 蝉声陪伴着

7月的时候他和我说的。

夏天啊，它始终以繁多的苦乐打动着我的心。

机场高速线上的镇子不多，从前听老人们说，伶俐镇最炎热，仿佛石山阻绝了潮湿的云，生出异象。山头长满青草，倘若有风浪来袭，洋洋千里，跌宕又曲折。于是那里的人得活得铿锵有力。可是小的时候他总告诉我，雨线如此分明，说不定也叫天公作美。

十八岁以前我住在伶俐镇。出名的是大片青草和竹林，不少城市人慕名前来，沿街摆上山楂茶和酿竹笋。尽管如此，南北之间盘踞的路途，汽车快得飞离人世，毫不起眼的小镇容易藏进滚滚烟泥，绝尘而去之后只听见深处蝉鸣。

快意原野的少年就在这时候不屑一笑："从尘土中高贵地飞身倒下。"

打包好行李的那天，易海在槐树下看人卖冰镇西瓜，老妪很艰难地独自撑起一把遮阳伞，他装作没有看见。洁白的背心湿透后黏在脊背上，老妪生意惨淡，落魄营生，他则意兴阑珊。有时候蹲在石墩上看老头儿咕噜咕噜地抽水烟，或者目不转睛地盯着纳凉的人们下棋。

看他无聊，最终我还是忍不住叫了他一声："喂，我明天走了。"

他才从棋盘中回过神来，思前想后，踌躇不前。

那年易海二十六岁，来到伶俐镇已近十年。现在是个流浪人。不过在他此前的概念里，人的一生得是多么紧迫的事，绝不碌碌又惆怅，最好的时光有所作为，好几个女孩相思成疾，将来妻妾成群。可惜再努力，他也未必能活成希望中的样子。他微微一笑抬起头，眼珠亮得像棋盘中的黑子。

"不过呢，你不一样。"他说，"小水滴一鼓作气，终于变成了汪洋大海。"

见到易海的那一年，我念六年级。下午日光依然炙热，正值考试前夕，朗读声穿过操场上的秋千，空无一人。向北开的银杏树满地落叶，我一个失神，少年的脸恰好路过阳光和窗帘的缝隙。他抱着一个工具箱，在走廊上来回踱步，清瘦的指节夹着香烟。很快，浓呛的烟味飘进教室，大家都发现了他，读书声戛然而止，男孩子不发一言。

很多时候是这样的，年纪小，路途尚且漫长，于是人生几度辗转。

但是在爱情里可不一样，它只需要一个机缘或者巧合，难能可贵，多少年岁都是一样。于是十二岁的我，满心欢喜第一个发现了他，一教室的阳光，他穿着透白的衬衫，懒洋洋地抽烟，有他的肆意。之后他也对上了我的眼睛，笑逐颜开，在班主任那愠怒的神色中说一句："我爸请假，换我来修桌椅板凳。"

一时之间哄堂大笑，他莫名其妙地挠挠头。那时有女生说看他的样子就知道徒有一身蛮力，胸无点墨。语文课依旧继续，他则固执地等，漫不经心，正好念到"莫愁前路无知己，天下谁人不识君"，我的心咯噔一跳，忍不住透过窗望他一眼。


放学后，易海一屁股坐上一张木质斑驳的小板凳，天花板上响着风扇嗡嗡的嘈杂声，他在底下悠然自得，工具扔得到处都是。很快，请他修理桌椅板凳或者抽屉的同学排成长龙，我在最后一列，坐着摇摇晃晃的椅子，等前面人群散去，才客气地请他帮忙。

他扬手伸个懒腰，帮我把椅子倒过来，钉子敲得整整齐齐。我低头偷瞄他的侧脸，睫毛像扇子，两道眉毛英气勃勃，那年他不过二十岁，艺高胆大，一抬头和我对个正着。他面不改色，然后让我帮忙扶住椅子的一只脚，装钉子的铁箱空空如也，最后一颗被他咬在了嘴里。

然后他站起来，背光一笑，自顾自地跑去器材室借钉子，脚下一溜烟，虎虎生风。我则是保持着扶椅脚的动作，等待少年如期归来。


夏季的黄昏漫天绯红，日光尚盛却落下了窗户，这时候窗台上实验课剩下的植物就显得干枯冷清。我蹲得双脚发麻，等得久了，手不自觉地松开。而小木匠终究没有回来，到了傍晚，椅子的一脚颤颤巍巍，吧嗒一声清脆落下。

那时还小，委屈得想哭，不过我想，偶遇一场等待，或短暂或漫长，结局也未必能如愿以偿。但是仍然有无数人心甘情愿，不遗余力去消磨那些可惜的时光。大概是人生太长，有点这样的时日不算劫难。后来我听人说，原来后备的木匠在器材室相遇了一见倾心的女孩，是体育老师的女儿，成绩优异的子弟，穿着花裙子，守在栽满桂花的门前。

能量不足，缘分也不够。对待人生再严苛，也得把命运看得清清楚楚。十几岁就懂得的道理，日暮路长，长大自然不会强求。后来易海来过学校很多次，约心仪的女孩见面，顺道给我赔礼道歉，他请我吃雪糕。易海家的修理店就在学校与家的路上，这样炎热的夏季，附近几家卖冷饮的杂货铺门庭若市，独独显得他们家冷清了一些，一来二去，我也去店里找他玩，他就坐在摇椅上跟我聊天。

易海的故乡在南京，父母离婚后便跟着改嫁的母亲来到伶俐。高中后辍学在家。他感慨道，南京是富庶之地，这时节当然也不会那么多雨和炎热了。4月仍然春暖花开，合乎理想合乎未来，原本在这种光景里，应该是上着感兴趣的课，或者打球，趴在图书馆的课桌上贪欢一晌。将来学识过人，才华横溢。不过现在，他双手一摊，笑得难耐。

你知道吗，我喜欢她，但是又配不上她。

当然了，好学生的家长看到乖巧的女儿和社会青年谈恋爱一定会棒打鸳鸯。体育老师暴跳如雷，一夜之间送女孩出去念书。混混易海带坏了好姑娘，往后的日子如履薄冰。从此校园杜绝他进场，徘徊过几次，都败兴而归。有次不留神还被石头绊住脚，飞扑进尘土里。

那时候我刚毕业，上了重点中学，学业有成，在他面前足够优秀。得知女孩走后，他依旧积极生活，披星戴月，随后存钱赶到有她的城里打工，前程不变，天地更大。那一刻我忽然就明白了，有的人千般作为，尘世打滚却能永不怠倦。


再次见到易海，已经是三年以后，依然是夏天。日照之下，花儿都开好了，有些花瓣落在地上浩浩荡荡的。邮局门口，三两成群，我戴着耳机听着歌，装作若无其事地把手里的信投进邮箱。就在这个时候，闲暇平凡的景致里，有个人骑着自行车在人群中疾行。铃声急促且悠扬，耳边刮过一道风，他永远都那么锐不可当，自行车骑得像沙场浴血奋战的马匹。

所以我一眼就认出了他。易海还是穿着白色的衣服，此时多了件墨绿色的褂子，袖子卷到手肘，我喊他，他便拍了拍身后的邮差包，扬长而去。原来木匠一早就丢了手艺，没有衣锦还乡，改当了邮递员。他早出晚归，意气风发地穿梭在风里。易海是个乐天知命的人，这点我早就知道了。尽管我也安守本分，按照既定的轨迹活着，但是天性不易锻造，我这种毫无凛冽的个性和他真不一样。

在外的两三年里，甘心隐藏的情人也终有一天被人发现。结局并不玄。众人一致，改变策略苦口婆心，把女孩的锦绣前程说给他听。那时候，固执的人背井离乡，不辞冰雪，披荆斩棘，只为穿山越岭去到心爱的女孩身边。可是这么固执的人，听到这里就知难而退了。他们都用词精准，让他望而却步。

于是长大成人的少年再次归来，他二十四岁了，我刚上高一。

那段时间，我每个月都寄一封信。打开门，阳光漏进来，他来到家里，把我的信利落地塞进邮包，抹了抹汗又蹬车上路。好多次，我多希望他有天能问起，寄给谁啊？然后我顺势也把我的故事说给他听。可他偏不认栽，我忍不住赌气和他说："太过热情认真地对待一件事就会变得十分艰难哦，好心没好报你没听过吗？"他眯起眼睛喷喷两声："是你太复杂了，不走心，那样走不远。"

我知道，我本来就滚不远。你是圆的，我是方的。

或许我的故事本身也没有声色美好抑或是大起大落值得他来倾听吧。这种地方最好的就是花事纷繁，其余一成不变，索然无味。父亲过世后独自和母亲生活着，责任压身，不敢任意妄为。可惜孤独的时间还要变得更久。所以有过很多时候，提起笔想写信突然又不知道该怎样落下去。

窗外晨光正好，半天了却只是在右下角写上署名。

等到再见易海已经是一个多星期之后，他很忙碌，我知道他心里有念想，上天入地，男儿志在四方。偶有空闲，来取信的时候就张牙舞爪地说着来路上的荒唐事。每每那一刻，我都认为他之于我，是一个不卑不亢的英雄。我把日子过得干净有序，他则扮演着不同角色，变着戏法儿，以梦为马。

其实那一封封由他寄出的信里，潜藏了些什么，我自己也不知晓。因为心里确实是一片空白，每一天的毫无音讯里，我寄着一封封没有人称和地址的信，可是邮递员竟然照单全收。我称心如意，易海做了一件值得欢喜的奇怪事。我可从没想过可以持续那么长的时间，只因那天他正巧哼着小曲儿，阳光正巧明艳。

后来我高中毕业，志愿当然在远方。像曾经少年的马蹄，风声鹤唳，踏遍万里。已然二十六岁的少年于是说，人生在世，总有那么一些和荣宠无关的事，有的人仍然愿意肝脑涂地，有的人只当人不轻狂枉少年。没错，我们就是这么一边怨怼一边生活的。还要过得欣欣向荣，风姿绰约。他把那些空白的信件整理成一大箱子带过来，它们曾经待在易海的床底下，现在全部交还给我。

这么无聊的事情竟然一起做过，易海就是个乏味而偏执的好人。然后我忍不住问他："我走了，你有什么打算。"他悠悠然一笑："我啊，辞掉工作，离开这里孤身打拼，做一个认真的流浪人。隐姓埋名，继续花天酒地，然后挑一个月黑风高夜，抢一个美艳少女。尽管最后没有爱情吧，但是这一生，也就这么相依为命，颠沛流离地度过了。"

那时的小镇，真有一个漫长炎热又多雨的季节。流浪人陪伴蝉声和行云，开始浪迹天涯，四海为家，直至遇上了故人，纵酒，青青作伴好还乡。

——我十二岁的时候，他是小木匠。
——我十六岁的时候，他当邮递员。
——我十八岁的时候，他决心开始流浪。

时至年少，有个人如此虔诚地适应着不同角色，甘之如饴，兢兢业业。无意降临于我每一次毫无预备的乏味生活里。他有一双巧劲的手，不愁吃穿，那时候人人都喊他小木匠。或者站定在风里，等风来呼啸滑过耳畔，把邮递员当得豪气万丈。他不同一次，我内心便欢喜一次，然后这种欢喜蔓延在我冗长的年岁时光里。如今远走，我盼他得一人携手，而他却始终如我所料地，断然独行，伶仃一人。

# 10

## 练习 告白予行

"所以下一次，我爱你我恨你，一定要立马告诉你，那样我们才可以都不孤单。"

从现在的照片里看，完全辨别不出这里原来的样子。

那个时候，长街向南，阳光遍地，每户窗台上都有花圃，有时隐蔽，有时枯荣。曾经会种花的父亲得到街坊邻居们的喜爱，一有空就送些花草种子过来。栅栏上挂了一个写着"海棠"的小木牌，海棠是我和母亲最喜欢的花，可惜花期甚短，来不及耕耘，就再也没有见过了。

那时我和小湃常常坐在附近教堂后背凸出来的窗台上，晃荡着双腿，谈笑风生。身后紧挨着与神父沟通的告解室，年纪尚小，性子顽劣，也就偷听到了许多不为人知的忏悔。当时并不全然了解，只是害怕听到太多悲伤的事会对现实失去信心，可小湃还是说没关系，然后眨着眼睛问我："所以呢，你要进去说点什么吗？"

我很仔细地想了一会儿，说："没有哦。"

我当然不认为触碰别人的伤感或者倾听他们的悲惨是一件好事，想拉她离开，她把粘在眼皮上的头发拨了拨："不用怕哦。"仿佛充满了使命感，表情变得一本正经，"因为倾诉就像一个吐出垃圾的窗口，只有放下负担，心里面的石头才会掉下一点点，那样才可以感觉到轻松一点点啊。"

我不置可否，认为就是因为羞于启齿，对亲近的人都无法坦白，所以人跟人之间才会有那么多的秘密。无论如何，小湃跟着我走，夸张地笑起来："要记得保守秘密哦！"

不记得什么时候开始，我已经不再去回忆那些事情了。黄昏时父亲待在院子里，把晒好的干燥花放进玻璃瓶，地上全是花瓣，以及那些因为修剪而香浓的气味。这一些场景，花草影子，日落以后好像都变得越来越远。

那一年我念高中二年级，因为父亲的失业，生活开始变得一团糟。父亲本身就内向，沉默寡言，那之后他害怕邻居的目光，不愿与人交流，渐渐变得孤僻，也不肯承认自己的心病。花有四季，会开会落，而人却只有日复一日更加严重的焦虑。最后一次，父亲说去市集买海棠花的种子，那以后就再也没有回来过了。

父亲离开后，我便和母亲单独生活。院子里的花缺乏打理，性命堪虞，很快就被连根拔起。那个时候母亲说，这些花花草草之所以会脆弱不堪，都是因为种植它们的人太过相信收获，以为天道酬勤，然而有很多事，并不是努力了就可以得到同等回报的。

第二年，我结束了高中的课程，计划一次由东向南的旅行。我瞒着母亲，整理了一个沉甸甸的旅行箱，出发那天，先拖着行李，推开了小湃打工的点心店大门。我坐在靠窗的椅子上，这里装潢的颜色和搭配的桌椅十分温馨，我想这也许正是小湃喜欢在这里工作的原因。小湃把饮料和点心拿过来，看见我身后的行李箱，疑惑地问我："你要走吗？"

我点点头："去旅游，从杭州开始，往重庆，再到云南。"

小湃不知道在想些什么："你确定这是条好玩的路线？"

"不确定啊。"我如实回答，"旅行这种事，怎么可能保证一定有趣呢，恐怕第一站就要失望透顶，甚至还会有意外和危险，不过不亲自去走走，更不可能发现乐趣嘛。"

一整个下午我都在点心店里跟小湃闲聊，风扇的嗡嗡声让人昏昏欲睡，我躺在沙发上睡过去，接着做了一个翻山越岭的美梦，醒来的时候，小湃已经在收拾和整理桌椅了。玻璃门外夜幕降临，我看了看手表，松了一口气，下一刻又嘴硬地嚷嚷起来："糟糕，居然过了火车的出发时间，你怎么都不叫醒我啊？"

说完便起身帮小湃打烊，她不发一言，等铁门拉下来咔嚓一声响，她突然转过头，犹豫地问我："你想去云南，是不是因为听他们说，你爸爸也许到了那里？"

夜里，有雾水落下来，路灯变得模糊。我又拖着沉重的行李，再次穿过长街，回家的路变得又长又远。那时我想，大概伤心欲绝的人只是走得慢一些。不过，凭着异于常人的勇气，靠着不会磨灭的时间，最终一定会如期到达终点的。

那夜回去得晚，母亲早早入睡，对于我的短暂出走毫无察觉。房间里漆黑一片，我没有开灯，径自回到狭小的卧室。父亲走后没多久，我跟母亲就换了一套两室一厅的屋子，没有花园，没有阳台，杂物全都堆在一起，狼藉又零碎。

时常是母亲在厨房里做饭，油烟跑得到处都是，一晌火光，充满忧患。父亲从前的东西被母亲统统丢弃，前段时间在家打理家务的时候，我意外地找到了一个玻璃瓶装着的干燥花，和写着"海棠"的木牌放在一起。仔细想了想，大概是母亲之前保存的，现在被当成废物和满地盒子堆在一起。

我想它曾在被人悉心照料的泥土里诞生，又因人的无暇旁顾而干枯萎靡，如果当初没有坚定一点的姿态，那么就别开始好了。也是从那段时间开始，想要逃离这里的心情变得十分迫切，计划一年后存够钱就搬出这个家，去过独立的生活，好像关系的动荡不安变成了彼此冷漠的借口。


自从父亲离开之后，我和母亲的关系就这么日益变差。有一年冬天很冷，供暖不足，半夜我被风声惊醒，看见母亲穿着单薄的睡衣，大概因为抑制不住的寒冷和心情的压抑，她发泄似的用手使劲拔除阳台上的花草，很快花瓣抖落，枯枝陷进泥土里，锋利的枝条和倒刺刮伤她的手掌。

我站在她身后，声音陡然变高："那些花是爸爸的心血！"

她没有回答我的话，等走过我身边的时候，才低声埋怨："你快回去睡觉吧，如果这样都接受不了，以后还怎么一起生活？"

我和她面对面站着，气得发抖："你真是太自私了。"

事实上，想要和平共处的话说不出口，而口吐利剑的痛快会暂时代替心里的恐惧和忧伤，时日渐长，其志龃龉，就会慢慢变成对方所不能容忍的人。

从前我处理不了这种情况，一度觉得母亲只是暂时没有适应新的生活，而后又怀疑她根本不爱我和父亲，甚至我们三个人彼此之间都不爱对方，缺乏沟通，性格相冲，心存芥蒂后只等待时机拆穿对方的居心，好反目成仇，分道扬镳。

后来是小湃告诉我的，她说我们唯一能真切感受到对方的也只有从嘴巴里说出来的话，并且容易信以为真。眼不能言，耳不能语，只有坦诚相待，才可换取一片真心。


话是如此，可是没用。因为无法自拔的倔强和嘴硬，所以总是做着口是心非的事。那日是星期天，母亲一早就出了门，我被小湃的电话吵醒，懒洋洋地拿起话筒，窗外的阳光晒到床尾。小湃在话筒那头，声音洪亮："喂，你出发了？"

我沙哑着回答她："并没有，旅行取消了。"

她试探着问："为什么？"

"你让我怎么回答，经费不足，酒店客满，忽然没了兴致？"这很难回答。我把身体立起来，从卧室的门口望出去，玄关的大门紧闭，悄无声息，桌上摆着的一副碗筷并没有冒出食物的热气，心里的落寞有点压得我喘不过气来。

"老实交代，是不是因为我把你拆穿了？"然后她居然换了陈述句，"你想去云南找你爸爸，但是又害怕失望，我说得没错吧？"

"怎么可能，你少无聊了。"

我有些生气，想义正词严地回复她，却又无从辩解。小湃沉默了一会儿："不管怎样，你现在到教堂来，速度，速度！"她连续说了两次。

小湃是一个喜欢穿格子衬衫的女孩，直接简单，率性而为。她的声音很好听，时常说很多话，能言善道，出口成章，这是我们最大的差距。她说她曾经在电话心理咨询中心做过兼职，无论是为了帮助别人还是说服自己，在电话里通过音波倾听和讲述是一种特别刺激的方式。

　　往后第一次去教堂做礼拜，发现好多人并不是相互安慰彼此坦白，而是选择默默低头，隐藏弱点，原来并不是每个人都愿意敞开心扉，就是因为直面相对，人才会变得无话可说。所以别人在无声祷告的时候，她因为无聊，差点睡着了。

　　我拎着两罐饮料，绕到教堂的后墙，小湃已经安安稳稳地坐在窗台上，侧身瞄着玻璃窗里的告解室。我娴熟地攀上去，同从前一样坐在她的旁边，把饮料递到她面前。她把食指抵在唇上，示意我噤声，我莫名其妙地顺着她转身去看背后的窗口。

　　告解室就靠在墙壁上，木板搭成的小隔间，门上有镂空的花木格，菱形的光，那些木料仿佛受了赞歌和熏香，有一股久远的味道，我正是迷失在这样一个罅隙里。

　　有个人坐在告解室里，隐约能看见她的头发高高盘起，双手一丝不苟地握着被链子穿过挂在胸前的戒指。片刻后，她缓缓地抬起头，声音十分温柔，又透出一丝紧张和晦涩，她说："我爱他。"

　　我愣在那一个瞬间，像从来没听过这三个字一般，十分的陌生。而事实上，她说得那么清晰虔诚，那么实心实意。我的手指无意碰到窗上的玻璃，她闻声从帘子里看过来，大概只看到两个无礼扰人的身影吧，然后她盯着我的方向，不言不语，很久很久之后，她才回过头去，又说了一次："我爱他。"

说起来，我其实并没有认真参观过这个教堂，甚至我也从来没有仔细理解过这座城市，不知道这里的人，或者小湃，是怎样善意地对待我这样冥顽不灵的人的，还是说，他们从一开始就看到了我藏在身后的胆小和伪装？

那个人走后，小湃问我："那现在呢，你还是没有什么想要进去说的吗？"

这个问题她问过我很多次，这次我考虑得比平时都要久，却还是摇了摇头，说："没有哦。"

"这个教堂你一次也没有进去过吧，有什么，在这里说也行？"

我很努力地想，"开场白是什么，是'我有罪'？好吧，我有罪，我最近手头并不宽裕，不过我还是想要买辆自行车，因为我打算找份工作，我想存钱，可是又嫌挤公交车太麻烦……"

"拜托！"小湃皱起了眉头，"我把你叫出来，可不是想听你说这种无聊的事的。"

说完，我侧头看她，大概是听了刚才告解室里的那句话，看向她时，她忽然红了脸颊。后来她小心翼翼地做了一个别头发的举动，露出两个浅浅的酒窝，告诉我说，她认为在所有的事情中，只有爱是最难说出口的。

她一跃从窗台跳下去，往前走了两步："你说人最害怕的事情是什么呢，是突然横死，还是生了重病，抑或是没有钱没有亲人和爱人？"

当时我正举着手阻挡晒到眼皮的太阳，只能回答她："并不是每个人都一样吧，比如身体不好的人最怕生病，穷人最怕失业，通常是缺乏才会形成恐惧，不能一概而论。"

"这样说来，孤独的人最害怕失去别人咯，既然这样，那为什么明明只有彼此，还是要互相嫌隙？所以我觉得害怕这样那样的人，只是不够乐观，不会珍惜和努力去争取。"小湃眨眨眼睛，狡黠地笑。

我和她并肩走，她又跟我重复最开始的话，人要自救，只有放下负担，心里面的石头才会落下来。她笑得比阳光还灿烂："无论如何，你想说什么的话，可以找我练习，我等你。"

我一直认为人的性格都非常倔强，没有人愿意做服软的那一方，不过，一旦有了一个小小的开始，对方愿意先拿出勇气改变哪怕渺小的些许，那么力量就会从小缺口里喷薄而出，消除人为的界限，变成天地变成海洋，最后变成接受对方的手臂。

所以那一刻，我恍惚觉得心里有什么东西正在落下来，然后和小湃一起笑着，回答她的话："一定哦。"

那年的 8 月过得飞快，意外地下了两天的雨，我在城南找了一份工作，如愿买到了第一辆自行车，9 月的第一天，我一觉醒来，天空骤然放晴。

母亲换了一份比较悠闲的工作，偶尔去郊区的花田做兼职，一周后抱回了几盆海棠花的幼苗。明明还不到花期，可它们还是在不遗余力地努力生长着，就在我要去公司报到的前一天，居然开花了。

大概是有了些期待和成就感，母亲的话渐渐变得多起来，有时候不和我说，就独自对着花花草草自言自语，我十分不敢想象那是她曾经最厌恶的植物的功劳。那天下午，我穿戴整齐正准备推门出去，忽然在玄关的柜子上，看见钥匙下压着两张机票。

地点是杭州飞往云南，时间是半个月以后。

我一愣神，悄悄把机票放回原位，有些激动地搓了搓手，害怕手上刚碰到的报纸墨迹会把机票弄脏，然后久久站在那里，和那时候一样，似乎心里面又再次有什么快速落下了。

我给小湃打了电话，依然约在老地方，我一步一步谨慎走着，还是第一次走进大堂。告解室在里面的房间，其实很小，只能容纳一个人，不过此刻没有神父，只有和外面看到的不一样的菱形阳光。

我坐进去，像曾经看到的母亲那样，交握着手，生涩地练习说了一句："我爱她。"

非常简单的字眼，可惜这句话，我始终没有和她们说过。我想起那个秋风欲来的下午，小湃坐在我身边，我们喝着同种口味的饮料，然后我隔着窗帘缝隙，对上告解室里母亲的目光，那时候她正握着和父亲手上所戴的一样的戒指，认真地说着："我爱他。"大概我此刻也是这样的表情，胆怯躲闪，努力展开那个小小的拥抱对方的缺口。

然后小湃来的时候，隔着很远就开始叫唤："你今天找我来干吗，快说快说。"

因为跑得太快太急，差点被台阶绊倒，我跟她相视一秒，两个人便忍不住哈哈大笑。我问她："喂，不是你说的吗，那你上次说的还算不算？"

她回答说："当然算啊。"

不过那时，我心里面其实是这样和她说的：

"或者我们都是一样的人，会羞会躁，有欲望有情切，一生之中也必定有无数的爱恨。长埋在心里，不会变成坚硬的石头，但是冰冻三尺，必定会把心压垮。我去过很多艰险的地方，见过很多复杂的人，唯一不多的竟然是最简单的话语，可是明明，温暖的东西最容易融化薄冰。"

——以及，最不能吝啬的就是，我爱你们啊。

# 11

## 等爱漂流

### 成海

　　废墟之上，我们有力量创造一切，而阳光万里、繁花如锦的大千世界，却不曾明白自己活在哪里。我曾经以为，爱情也就是这样，如果没有方向，立场也不对，同样会因为孤单使得漫长岁月变得无边无际。

　　高中那年，同桌明嘉交了第一个男朋友，当时年纪尚小，做事不敢出挑，我好说歹说让她别早恋，还在念书不适合，时间不对，但她还是执迷不悟。于是她第一次与我争辩，因为谈恋爱，因为那个我素未谋面、到现在都记不清名字的男孩。她掷地有声地告诉我，喜欢就是迷途不返，无须克制，否则低到尘埃里，一晃而过就只剩遗憾了。

　　大学毕业后，我和男朋友交往稳定，大概性格问题，或是星座使然，男朋友被我治得服服帖帖，言听计从，在外人称模范情侣。明嘉也没少对我称羡。工作两年后，我因身边有人，计较着生活，除了年纪，其他一成不变。而单身的明嘉早已从莘莘学子转型为白领丽人，蜕变得人神共愤，打扮时尚，妖娆动人。她一笑，一群人自愧不如。

她第一次正式和我介绍她的男朋友的时候，旁边坐着那个男人阿律。不过那天并不是正常的聚会，因为还多了阿律的女秘书，一个长相清纯、细皮嫩肉的女生。

原本我和明嘉在逛街，恰巧遇见说自己在开会的阿律。明嘉点了一杯咖啡，鲜红的唇膏印在杯缘上，之后又把杯子对准阿律让他尝尝，眼神一挑看了一眼那个女秘书。我暗暗地感叹，果然早恋的明嘉还是很聪明的。只可惜女秘书一脸无辜，更惹人怜爱。

阿律没有出轨，顶多和几个女人在暧昧。我看着明嘉像没事人一样，还主动照顾起阿律的饮食起居，嘘寒问暖，有些恨铁不成钢。我常常因为阿律的事跑去教训男朋友，警告他从一而终，如果敢跟阿律一样，我绝不可能像明嘉那样心慈手软。

男朋友每次都是一脸无奈，并且苦笑着提醒我很多次，说明嘉的男朋友无论她怎么骂，我最好少说话，因每个人对爱情的秉性不容人探讨，冷暖自知。不过我想我也没有这个机会，因为自始至终，明嘉从没有跟我抱怨过阿律。她总是说，他对我很好，我们相处得很好。

其实在爱情里面，一定是女人先醒的，所以你不用担心我。


后来好几次，我真的有点忍无可忍。

阿律公司的聚会上，大家七倒八歪，喝得醉醺醺的，那个女秘书就执拗地坐在他的旁边。服务员每次上酒的时候，女秘书就一个劲儿地帮阿律挡酒，不顾阻拦，眼神迷离，酒杯啪的一声放下后，大义凛然脸颊通红地看着阿律。而明嘉，就只是视若无睹地拿着酒杯，自顾自地一个个去敬酒赔笑，替他感谢他的同事伙伴。

后半夜，我和明嘉被挤到沙发的另一边，阿律的眼睛整个晚上都很少停留在明嘉身上，哪怕明嘉比这里任何一个女人都美都风光。

明嘉孤零零地在旁边点歌唱歌，像个尽职的包厢公主。

我很想谴责或者叫嚣点什么，说那个清纯女秘书很丑？但我说不出口，因为她干干净净，一把马尾，开口适宜的白衬衫，干净纤细的脖子。她那种人畜无害的表情，我总不能诬陷她是婊子。说到底，她和明嘉不同的是，有种涉世未深的伪善意，让人想染指，想撕破她纯洁的外衣。

那边打得火热，明嘉只能借机去了厕所。我看着那些男男女女，衣冠楚楚，酒后失仪，我甚至可以准确地说出来，谁对谁有意思，谁摸了谁屁股几次。就像我看到了阿律在那个女生耳边说话，但是唇形却不成句子，只不过是把嘴放在那个女生的耳朵上不停摩擦，两个人脸红得不像话。

"喂，你这歌不唱就切了吧。"突然肩膀被明嘉一拍，她站在我旁边，我不知道她什么时候回来的，也不知道她看到了多少。我仰头看着她，她低头看着我。明嘉化了妆，又长得漂亮，灯光下那么耀眼，不该活得那么耐力惊人。那一刻我突然眼睛一酸，替她不值。

夜半散场后，女秘书拒绝了其他人的搀扶，一个人跌跌撞撞地走着。

然后明嘉善解人意地对着阿律说："她好像喝醉了，要不你去送送吧，一个女孩子喝醉了很危险的。"

我才终于压抑不下心里的火，甩开明嘉，借着酒劲指着那个女秘书的鼻子破口大骂，直到他们一个呜呜呜地跑了，另一个屁颠颠地去追。我气急败坏，不明白明嘉为何送羊入虎口，放火烧山。


等他们走后，我让男朋友过来接我们。我和明嘉坐在后座，各自扭头看着窗外。我絮絮叨叨地说了很多，说男人的心就像沙子，要把它建成两个人的世界太不容易了，早就花光了自己全身的力气，如果不看紧，风一吹雨一打就一无所有了。

这些话说给明嘉听，也同样提醒着前面开车的男朋友。

明嘉不发一言，后来居然点了一根烟，然后她和我说，我得相信他，我只有一个人，不可能扮演所有的角色去满足他，我们之间的戏幕里，如果灯光全都打在一个人身上，那么那个人一定会演得很累很累，且不容许出现一丝差错，所以总得有些配角逢场作戏再死得其所，才能圆满。

我不是主角，我是留到最后和他谢幕的那一个。

她看着我，我故意不看她，真不敢相信自己居然被她说动了，而那时，男朋友听完下意识地从后视镜看了我们一眼，满脸沉思。

我把明嘉送上楼的时候，她的酒劲才上来，走得跌跌撞撞的，嘴里嘟囔着，拍着我的肩膀大声说："你相信我，真的，最好的爱情真的不是缠绵悱恻，付出就有回报，那是最理想的人生，但是付出就心满意足，不求回报，那一定就是最好的那个人。"

啪啪啪，我的肩膀被她拍得很疼，根本无言以对。从前我试图去揣摩她的逻辑，但是我始终不能明白，我常常觉得，因为失败，有人越挫越勇，而明嘉在她的爱情里，不算成功，但全凭勇气，一往无前。


事实上，他们刚刚开始在一起那会儿，风波不断，还有个女生跑来闹。她说阿律和她睡过。然后明嘉不置可否地笑笑，笑得那个女生莫名其妙，最后惨淡收场，之后也从没和阿律提过。我问她为什么，她就随口说了一句，不谈过去。

还有一次，我们一个共同的朋友忽然就出了柜，那时候我看男人总带着敏感的眼光，看阿律也是。那段时间，阿律和他一个新认识的男性客户走得特别近，那个客户年轻有为，帅气逼人，其间阿律简直完全忽视明嘉的存在，和这个新客户交往密切。我心有戚戚，无数次提醒她，男人和男人之间也是存在吸引力的，万一阿律也弯了怎么办？

她因为我的顾虑好笑了半天，最后给我搁下一句：不谈未来。

不谈过去，不谈未来，这恋爱谈得义薄云天，令我刮目相看。

那个时候我正和男朋友闹别扭，吵架的内容与往常一样琐碎，无非是为了一些小事就开始清算对方。大概他觉得我无理取闹，用手撑着额头，疲惫得喘不过气，我生怕他比我强硬，只能做出居高临下的样子。

其实任何一段感情面临殊死，迟早让人变得咄咄逼人，出言不逊不是要计较谁爱谁多一些，而是计算谁对谁付出更多一些。这其实相当危险。我和男朋友尚且如此，不禁担心起明嘉来。

可是出乎我意料之外，他们竟然没有在波澜中一冲而散，而是飘飘摇摇，过了很多年。


这些年间，我基本没少受折磨，阿律做的事情让我比明嘉紧张十倍，每次都痛心疾首。我特别担心明嘉清醒后会支撑不住。那一天下午，我亲眼看见阿律载着一个女人进了酒店的停车场，我来不及去讨公道，明嘉的电话随后就到了。我应了约，等着告诉她这个并不让我意外的发现。

结果她笑盈盈地看着我，只说了一句"我知道"，然后眼睛一眨，就递给了我一张请柬。

我错愕地盯着她，无法注视那红彤彤的"囍"字。

我只能一愣："你男人前脚刚和一个女的开车走了，你后脚就给我派请帖？"

"祝福我。"她的表情固执得就和当年她跟我说，她爱上了一个人一样。

七八月的太阳，她的眼睛有光，神采飞扬。那时候她告诉我，高中那会儿，有一次她感冒，校外那个男生溜进来给她送药，还用纸巾折了一朵花，雪白的，在上课的时候偷偷放在她的窗台上，并轻轻敲了她的窗口三下。过了很多很多年，有个人每天都送花给她，送了整整三个月。她其实一早就想起来了，终于看着那个人比看着花顺眼，大夏天的，可满世界都是雪白的。

我苦笑："这么老套的手段就把你骗了？"

再转念一想，原来当年那个清纯的男孩已经变成了现在巧舌如簧的渣男。真是冤孽。

那天晚上我们跑到酒吧，照例喝醉。我并不想伤害她，只能装着醉胡说，绕了一圈再遇的就是吊死一棵树，他这个样子，你要嫁他？你别嘴硬撑破脸，苦了自己，没结果不代表你是失败的，谈谈恋爱，目的不一定非要结婚，别自掘坟墓。

阿律的所作所为，在我心里越滚越大，结果她挑起眉看我，反倒显得我才不明所以。她始终有一种我无法理解的恐怖情怀，那种有些底线不能碰，有些话不必说，还有些位置，不必扫掉一空。这是她的选择。大概我的错误就是用自己的准则去衡量她，所以自觉气恼。


最终还是事与愿违，婚礼如期进行。我拒绝做她的伴娘，坚持自我，心中那口苦涩始终无法下咽，在此之前我都觉得阿律配不上她。

婚礼上我恍恍惚惚，记不起什么细节，我只记得她致辞的时候，边哭边说，胡言乱语，说曾经有个朋友告诉她，男人的心是沙，徒手捏城，弱不禁风，但是只要活在他心里最好的地方，片刻就能变成一个世界。

她那样说着的时候，好像看着我，然后我看着她拉着阿律的手。阿律这个情场浪子在那一刻居然紧张得手足无措了，他那时的眼里只印着明嘉一个人，眼眶通红，舌头打结，只能傻兮兮地对着明嘉笑，不断点头。

之后主持人兴高采烈地主持着抛绣球环节，我意兴阑珊，往外走，没有回头，想着一个不正常逻辑的女人，爱上一个正常逻辑的男人，谈一段不是很正常的恋爱，无数次落得我这种自诩正常的人的担心和耻笑。没走两步，那个花球忽然唰的一下落到了我的脚尖前面，细白的百合花瓣，情长久久，是最初他轻叩窗扉，送到她窗台上的那一朵。

那个时候我已经和男朋友分手了，他和阿律不一样，用情专一，可惜爱和枷锁仅是一墙之隔，他只得敬而远之。临走前他转身背对着我，我不挽留，他不作停留，苦心经营成了自以为是，是我一直坚持的从一而终。

而阿律肆无忌惮，明嘉所向披靡，原来两个人千帆过尽，无数配角和过客走走又停停，直到聚光灯一分为二，鲜红的幕布缓缓降下，奏乐声响起，留在最后的两个人才能变得如此光芒万丈。舞台之上，和此情此景一样，宾客骚动掌声雷鸣，让我忽然想起她那时候说的话，我不是主角，但最后出来鞠躬的一定是我。

最终我缓缓一笑，只能弯腰拿起花，转过身抬眼看着台上，举起手上的花朝她摇了摇。明嘉她看见我回头了，莞尔一笑，眼睛眨巴，隔着很多人的距离，他们依然紧紧拉着手，无名指交缠，笑得特别特别幸福。

我一直骄傲，她一直执着，我们的海里都是沙，有的明明波澜不惊，漂洋过海想要走到你心里去，却远渡了重洋，杳无音信，而有的千层巨浪，其中飘摇，靠岸后整片海水都变成了爱情。

# 12

## 半截歌

秋风干燥，冬日大雪肆虐，春天潮湿又多雨，可一年四季里，叶绵绵最不喜欢夏天。是开学季，穿上洁白校服和背上新书包的人愉快地穿过熙熙攘攘的人行道，唯独叶绵绵一步三回头，犹豫不决。这一年里，她一共转了三次学。

叶绵绵是个怪人。上一次转学，因为她的同桌偷偷地跟其他同学这样谈论她。再上一次，是因为班级要在校庆上跳集体舞，她死活不肯跟别人拉手，导致集体舞空出了一个位置，她再次成为全班公敌。叶绵绵没有朋友，沉默寡言，走路驼背低着头，下雨不爱打伞。简单无聊得三言两语就能概括。

在她人生的前十二年里，她觉得日子过得极其漫长，浑浑噩噩度日如年，最难过的时候，甚至想过了结自己无趣的一生。后来她第一次这样对冯翊恒敞开心扉的时候，只见他站起来敲了敲她的头说，年纪轻轻，哪能三五年就说是一生了？没撕心裂肺哭过，没轰轰烈烈爱过，

144

没浪漫地陪伴一个人到老……他顿了顿，即使是这些，也不能算是一生的事。

直到遇见和喜欢上一个人，叶绵绵开始似懂非懂，真正的时光才会朝着自己奔跑而来。

认识冯翊恒那天，她正面临着本年度第三次转学。学校的大门挂着显眼的大钟，响起来的时候清亮又绵延，惊飞了小广场上的白鸽。天气明媚，叶绵绵的父母把她送下车后紧张得不知所措，生怕女儿再次反悔。新学校栽满桂花，有馥郁的香气，叶绵绵很喜欢，于是回头对着他们勉强地笑了一下。

因为从小的残缺，她变得十分任性。小学六年几乎有一半的时间都在家里，老师拿她没辙，父母也只能百依百顺，花昂贵的价钱请来家庭老师。叶绵绵是个结巴，一句话说得十分艰难，咬字不清，眼神卑微又羞怯。好不容易过完了小学，上初中的第一天就跑回家说要转学，那是她第一次为此在父母面前号啕大哭，因为老师和同学的眼神里有对她的不屑和敷衍，刚步入青春期的她开始无法忍受。

第三次，她已经是念初二的年纪了。她回头对父母微笑，挥手看他们走远，继续低着头慢慢移动步子。有初二的学生以为她是新生，热情地问她需不需要帮助，她眼睛都没抬就摇摇头，吓得转身就跑。等她站在讲台上，才彻底回过神来，毫无意外，老师让她自我介绍，她再次紧张得手脚冰冷。

眼皮底下是一张张陌生的脸，带着好奇，可是那种好奇在她沉默了足足五分钟之后变成了嫌恶。一旁年轻的班主任也开始无法控制场面，叶绵绵慢慢低下头，耳边起哄声很大，她听到有人说她是哑巴，把她形容成蚂蚁或者蚊子，此起彼伏的嘲笑汹涌而来。直到她被一只手轻轻拍了拍肩膀，四周才开始安静下来，她抬起头，站在她面前的就是冯翊恒。高高的个子挡住了头顶照下的灯光，像清晨不偏不倚的风吹过一株月桂，清香又明亮。

"这位新来的同学叫叶绵绵，绵羊的绵，叠字，叶绵绵，大家欢迎。"他手里拿着一堆老师的课件，一边翻着点名表一边说。声音很动听，那个绵字被他念了好几遍，每一遍都那么朗朗上口。

"你好，我叫冯翊恒，是这个班的班长。"他回座位前转身看着她，那上扬的尾音，干净的眉眼，让她本能地想去回应他，于是她鼓足勇气挤出了一个字："好。"那个字，念得小心翼翼，字正腔圆。

因为隐疾，叶绵绵向班主任申请了坐在第一组的最后一排，靠近门口，也靠近垃圾桶。那个位置安静又与世隔绝，还因为一侧头，就能看见在左边前方的冯翊恒。唯一不好的是，窗帘有些短，每到下午，日光西斜，总是扰乱她的视线。以及在她的前面，还坐了一个聒噪的男孩子，很胖，上课总是偷偷吃零食。每次他一回头，压扁的零食袋子便穿越她的头顶，准确无误地被他投进垃圾桶。胖子肆无忌惮地露出得意的笑。

零食袋子上的字都是英文或日文，叶绵绵看不懂，但胖子总是慷慨地分享给她，并告诉她那些零食是哪个国家进口的，然后固执地堆在她桌面上。叶绵绵不想搭理他，只字不言。于是不知不觉，她和前面的胖子就成为了全班最让人讨厌的两个人。

她是因为不说话，他是因为话太多。她有口难言，胖子肥胖不减，于是胖子总说，他们从一开始就有坚固的革命情谊，在打仗的年代，革命情谊比起爱情还要永垂不朽。

事实上，胖子虽然胖，但是他有个很清秀的名字，只是叶绵绵从来没有叫过。

那个时候，她每天会在西晒时，装作刺眼地侧头趴着，然后偷偷打量几米开外的班长冯翊恒。听别人说，冯翊恒家庭条件很好，父母在国外工作，日子过得很富裕，每天穿不同的衣服和运动鞋，成绩好还是个运动达人。还听别人说，胖子也是个名副其实的富二代，只是每天都在吃不同的零食，最调皮捣蛋。

　　相较之下，仿佛每个情窦初开的女孩心目中，对这样的班长都有种无法抗拒的爱慕，他处理事情井井有条，是老师的得意门生。即使自卑如叶绵绵，也憧憬能站在他身边，与他为邻。

　　这个学校的校服很好看，然而只有两个人不穿校服，一个是冯翊恒，师生都宠着他，一个是胖子，因为穿不下。男生们正是长个子的时候，仿佛几场球赛下来便高出了几厘米，女生喜欢三五成群围在一起，每天变换着头饰。叶绵绵自然格格不入，她不爱打扮，也不受欢迎，每天还要忍受着前方胖子的骚扰。

　　"叶绵绵，你为什么装哑巴？"胖子总挑自习的时间来打扰她。

　　"叶绵绵，你吃不吃这个？"叶绵绵不喜欢胖子叫她的名字，阴阳怪气。

　　"喂，叶绵绵！"胖子语调渐高，引得周围几个同学侧目。那一刻无法应对的叶绵绵，急得眼眶通红，于是忍不住开口道："你你……你……"一个"你"字拖得很长，那一瞬间，四周便如泉涌般发出哄笑。

　　"原来叶绵绵是个口吃啊。"有人开始模仿她的声音。

　　是自习课，原本安静得树叶落地的动静也听得到，现在只剩下叶绵绵心碎的声音。她的眼泪忍不住要掉下来，吓得胖子手忙脚乱。最难熬的时刻，有一个纸团忽然从天而降，直击胖子的眼睛，一瞬间他也眼眶通红。

叶绵绵很诧异，侧过头就看见冯翊恒用投篮姿势，将纸团击中了胖子，然后震慑住四周的吵闹："不许笑，继续自习。"

他的话很奏效，声音很快又静止了下来，连胖子都安安分分地转回头去。叶绵绵默默地把掉在地上的纸团踩在脚下，悄悄捡起它打开来，里面写着乱七八糟的数字，是冯翊恒数学题的草稿。他做的习题很深，叶绵绵因为时常转学的关系，课业跟不上，看不懂他写的数字，让她第一次想要拼命学习。

她转向冯翊恒的方向时，正巧碰上他也回头看她。那天的太阳还未偏西，但她没有闪躲，冯翊恒向她比了个击掌的手势，用嘴型对她说："没关系。"

真正有修养的人，应该就是像他那样的吧。叶绵绵想，不捉弄人，不嘲笑别人的短处，正义凛然，无论何时都散发着光亮。那时好像所有的片段都是七零八落的，例如四周还未停止的窃窃私语，例如胖子不耐烦地偷偷转头，但是唯独有他的画面，能让空气沉静，桂花香气停止，无论过了多少年都丝毫未曾消退。


叶绵绵开始在家练习说话，读报纸念绕口令，父母曾经给她找过矫正老师，被她厌烦地拒绝。所以她的父母始终不明白，试过各种方子想让她康复都无果的情况下，她是怎么自觉起来的。她一字一句笨拙地念着，原本认为是极度伤自尊的事情，现在统统有了动力。

在全班都知道叶绵绵是个结巴之后，她的处境变得更加不堪。但这次她没有退缩，人心都有千疮百孔，找到填满它的人，找到重生。叶绵绵第一次懂得负担，学会追求，大概证明了遇见对的人，变得想要更顽强地生活。

后来不堪骚扰的叶绵绵给自己找了一处排解的秘密基地，教学楼的楼顶。那是个无人之境，有几扇被灰尘沾满的残破玻璃窗，其中有一扇被她擦得十分干净，因为这样她就能随时观察是否有人上来，并及时躲避。

没想到第一个闯上来的人竟然是胖子，叶绵绵躲到墙的另一边。她看见胖子靠在栏杆上，手里拿着一包零食，可是没有吃，过了很久，她才发现胖子在悄悄抹泪。叶绵绵不知道胆大妄为的胖子为什么会哭，那一刻她想走上去，先是想起胖子说的革命情谊，孤独的人需要与人为伍，才能继续孤独地向前走，胖子说革命情谊永垂不朽。可是转念一想，是他害得自己腹背受敌，所以叶绵绵又停住了脚步。

第二次，有人上了顶楼叶绵绵却没有躲。她隔着窗户看见冯翊恒正一步步走上楼梯，看见她后，站在门外就对她笑。冯翊恒手里拿着一个本子，那一刻玻璃窗上分别映着两个人，重叠在一起，她的脸靠着他的脸，叶绵绵的表情在窗户上写满欢喜。

"我就知道你在这里，给。"他推开天台的门，站到她的面前，那么近，他的发梢因为爬楼梯，有了细细的汗珠。叶绵绵伸手接过，不禁愣住，那本本子上写得满满当当的，都是他的字，他说："我听人说，唱歌可以帮助治疗，这些都是我喜欢的歌，给你抄了歌词。"

他眼里充满真诚，纸上的字迹也工工整整，一列列温暖地排列在纸上，最开始的那一页，写着《同桌的你》。叶绵绵觉得眼睛很热，脸也很热，她第一次那么憎恨自己无能为力，不能流利地表达感激。冯翊恒对她点点头，他说，加油，迟早会好的。我相信。

那个晚上她把歌词本放在枕边，夜深了，她打开台灯，窗外的星空交相辉映，她小心翼翼地翻开，一字一句地跟着吟唱。慢慢地唱出了调子，唱得一心一意，虽然迟缓，但是充满希望。叶绵绵对着深色的夜空想，或许自己真的值得拥有一个奇迹。

原本的她，多想一件事可以努力到底，喜欢一个人就能走到底，精诚所至，相爱就能天长地久。可是就在那一天之后没多久，叶绵绵又转学走了。这一次，不是她的原因。因为父亲工作的关系，被临时换到了另一座城市，她不得不跟着过去。

一个学期都没过完，她匆匆忙忙地回学校收拾东西。能带走的不多，倒是胖子给的零食塞满了她的抽屉。胖子对她有些愧疚，可是十几岁的少年，不懂表达，便把最好的都留给她。

难得叶绵绵没有拒绝，打开一包进口薯片，自己吃了一片，把剩下的留在胖子的桌上。她转过头，那时候正在上体育课，身后的位置空荡荡的，一个人也没有。她走到窗边，看见穿着深蓝色运动服的冯翊恒，个子很高，比例标准，正在领队的位置带操。后面的女生边做边聚精会神地看着他，最后一排的胖子做得气喘吁吁，嘴里骂骂咧咧。

那个场景，一定是属于青春最美丽的场景，却从不属于自己。叶绵绵神伤，她不合群，容易被人忽视，毫无存在感的她，也妄想追赶像冯翊恒那样的太阳。如同此刻，即使要离开，也没有人会跟她依依不舍地道别。早上九点的光线那么刚好，所有人都在和煦的阳光下笑靥如花，只有她心里下着倾盆大雨。

她走到冯翊恒的位置，他的课桌上整整齐齐，书本摆在左边，试卷在右。她随手打开一本书，他的字迹那么漂亮，她忍不住在他签名的旁边，画了一个笨拙的爱心，当作陪伴。再见了，冯翊恒。她依然不敢轻易发出声音，只在心里默念。

她拉着行李上车的时候，下了一场过云雨。她想起那天顶楼的窗户映出来的两个身影，第一次独处的时光，她站在他面前紧张得手指微微发抖。还有那声被心里的雨声覆盖的再见，只留在少年名字的旁边。甚至在她走之前，怎么也说不出"我快要好了"这句完整的结局。

叶绵绵只记得那天自己随着雨水大哭了一场，不为残缺懦弱，而是感谢让她遇见他的时光。冯翊恒送给她的歌词本里，有一首歌她已经学会，大致可以缓慢而完整地唱出来。她看着车窗外疾驰而过的白杨，轻声地唱：你可记得，三月暮初相遇，往事难忘，往事难忘。两相偎处，微风动落花香，往事难忘，不能忘。


时光难忘不沉重，但是一晃而过，细数下来，竟没有多少重叠的春夏秋冬。大学志愿，叶绵绵填的学校在一个山清水秀的旅游城市。她高中三年很刻苦，成绩优异，苦尽甘来，现在她可以选择任何她想上的重点大学。9月初，叶绵绵只身一人去到那里，新学校刚换了校址，比她想象中要大，校道旁种满月桂，巧妙地重叠她的记忆。

因为是开学的第一天，人潮汹涌，硕大的多媒体阶梯教室坐了几百号人。助理辅导员是大二的学姐，说话温柔又亲切。等到所有人都就位时已经接近下午四点，喧闹声慢慢停止，接下来就轮到冗长的自我介绍环节。

那已不再是叶绵绵需要担惊受怕的事情，那么多年，她早就好得能说会道，面不改色。因为曾经需要拼命的时候，心里住着一个守护她的少年，短短半载，却足以为她遮风挡雨走到今天。每当这种时候，她便想起了冯翊恒，背着一身温暖降临在她的面前。

"我叫冯翊恒，十九岁，183厘米，75公斤，南方人。"

熟悉的声音忽然从叶绵绵的回忆中跟现实重叠起来，冯翊恒，十九岁，不，她记忆里的男孩稚气未脱，那年他只有十四岁。叶绵绵坐在倒数第五排，看见前方那个高大的身影正背对着她做自我介绍的时候，叶绵绵震惊得不知所措。

他坐在前排，因为声音好听的关系，一部分女生开始发出期待的起哄。

"不会只是背杀吧？"

"哇，侧脸好帅。"

百转千回，终究再见，很多年了，值得庆幸的是，她和他在失衡的跑道中还能重回起点。叶绵绵激动地从人群的缝隙里看他，稚嫩的小男孩已经长成了稳重的少年，个子变得更高，一脸清秀。她默默地低下头，心里一阵慌乱，原来无论隔了多久，她依然记得他，依然能在人声鼎沸里听出他的声音。可是等她开始介绍自己的时候，他会不会早已忘记？

叶绵绵静坐在阶梯教室几个小时，渐渐开始觉得头晕，她期待快点轮到自己，又害怕轮到自己。日光已经西斜，高高的窗户没有窗帘，仿若回到很多年前的下午，她也像此刻这样，需要伸长着脖子，才能越过众人看到他。

"叶绵绵？"失神的时刻，耳边忽然响起了冯翊恒的声音。她抬头看去，不知什么时候，他竟站在了她的身边，眼里是久远的关切。

"好久不见，刚刚回头看到你，我还以为认错人了。"少年居高临下，他还认得她，眼神一如当初，笑意里藏着花香一样，他仿佛已经习惯了叶绵绵的沉默不语，接着说，"你也报了这个学校，真巧。"

她刚想回答的时候，就听见讲台上传来了助理辅导员的声音，对着名单叫道："下一个，叶绵绵，到了没有？"

"到。"她轻声答应，缓缓站起来。

冯翊恒靠在她的身边，然后朝她点了点头，转过身去面朝所有人道："她叫……"

"我叫叶绵绵，十九岁，南方人，请大家多多指教。"她冷静地接过冯翊恒的话茬，逐字逐句地把介绍给说了，转头对上他惊喜的目光，"谢谢，我已经好了。"

谢谢，我已经好了，因为你。这句话她只说了一半。

纵使相逢应不识，可他们都在第一时刻认出了彼此。命运自有轨迹，即使孤单，有种陪伴也自会回放。因为曾经是同学的关系，叶绵绵和冯翊恒自然而然地凑在了一个朋友圈里。叶绵绵曾想，人海如浩瀚星河，相识再重遇，究竟是多难得的事。她万分感激，有过一段相识的时光，否则以她此刻的样子，绝对无法与他站在一起。

后来叶绵绵才知道，冯翊恒是以统考第一的成绩进来的，学校跟其他两个学校还因为他争得热火朝天。带着光环进来的少年，自然成为备受瞩目的对象，加上身材好长得帅，他跟另一个保送进来的资优生被并称为"新生双杰"。

另外那个资优生叶绵绵也有耳闻，跟冯翊恒截然不同的类型，放荡不羁，偏偏头脑聪明，同样因为长相极佳而被全系的女生津津乐道。只是叶绵绵从来没有见过他，据说是为了躲避即将到来的军训，所以延迟了一个月到校。

他们军训的地方在学校附近，四面环山，白天烈日当头的时候，总能感觉自己身处岩层地带，但是到了夜里，又会吹来一阵阵凉风。叶绵绵他们连的教官颇有情怀，每天晚上解散后，会跟其他连一起留在原地，唱民谣，谈人生。这之中，自然包括冯翊恒。

刚刚入学的他就收到多封情书，被几个女生围在一起，簇拥上去陪教官唱歌。他声线好，过了变声期后越发沉稳，他们唱来唱去，也离不开老狼。教官的一把军嗓把民谣唱出了国歌的磅礴，但是在叶绵绵的耳朵里十分动听，因为她一转眼就能看见跟唱的冯翊恒。

那个时候，她能跟得上的歌无非就一首《同桌的你》，而这首歌除了让她想起顶楼上羞涩地送自己歌词本的男生，还让她想起一个聒噪的胖子。

军训的最后一天，他们挤在学校商业街上的小酒肆里道别，教官喝得满脸通红，稀里哗啦说了许多回忆和寂寞，还有一个在远方等待他的心爱的姑娘。大家跟着笑和落泪，无拘无束地喝醉，那一刻仿佛所有人都成了旧识，相互牵手拥抱。

冯翊恒握住叶绵绵的手，无意一般地紧紧攥住，轻微的酒气离她很近。她断断续续地听他说起很多事，说他的过去，高中生活也有过心仪的姑娘，说他的未来，暂时坚定着方向还未迷惘。后来，冯翊恒终于问起她是怎么好起来的，叶绵绵怔了一会儿，才轻声告诉他，因为练习了他抄的歌。那时冯翊恒歪着头，手撑在桌子上，走着神没有听清。

"你还是用的这个号码吗？"冯翊恒想继续追问的时候，叶绵绵转开话题，把手机递给他。那是她转学前夕，冯翊恒给她的，他是当时学校里第一个拥有自己手机的人，叶绵绵一下子就记住了那串数字。好几年后，等她也有了自己的手机，便把他记在列表的第一位。

"已经换了。"冯翊恒拿过她的手机，重新输入了自己的新号码，并好奇地问，"为什么会在第一个？"

叶绵绵有些羞涩地低下头："以前我经常转学，从来都没来得及记住过同学或者老师的样子，后来因为你是第一个给我解围的人，也是我转去你们学校后，第一个和我说话的人，所以就记在第一位了。"叶绵绵回答，声音沉闷，敞开心扉。

"原来如此。"他挪开身子，开始静静地自己哼起歌，过了片刻又说，"无论如何，你能好起来，真好。"

他们继续碰杯，一直喝到深夜一点，旁边的桌子渐渐人群散去，喝光的空瓶铺了一地，下脚的地方都没有。那是叶绵绵第一次喝醉，头沉得几乎抬不起来，原本冯翊恒坐她旁边，此刻不见了踪影，她焦急地左顾右盼，忽然看见玻璃墙外走过一个穿着黑色衬衫的人影。

他很高，趴在桌子上的叶绵绵要仰着头才能看到他，只见他抱起双手，隔着门对里面已经倒得七上八下的人说了一句："冯翊恒，陈琳来找你了。"

"是谁啊。"叶绵绵看着外面那个面带微笑的男生，扯住了一个女同学小声问。

女同学一惊一乍地坐起来，拨了拨头发，殷勤地跟那男生挥手，并回答说："刘海敏啊，新生双杰中的另外一个，他好帅！"女同学花痴起来。

叶绵绵轻轻蹙了一下眉，只觉得那个名字有些熟悉，仔细想来，她才想起当年那个坐在她前桌，又吵又闹的胖子也叫刘海敏。她带着些诧异的神色打量他，只见他高高瘦瘦，皮肤是健康的麦色，精致的脸笑起来有两个浅浅的酒窝，不可能是记忆里那个胖子。只是同名同姓而已吧，叶绵绵想，没理会一直在外面盯着自己看的男生，压住头晕目眩的酒劲，又问："那陈琳是谁啊？"

话音刚落，她就看见一个穿着白色长裙的女孩摇曳地从门口走进来，头发又黑又长，带着香水的清新，走到了吧台那边的冯翊恒面前，挽起他的手问："怎么喝成这样？"

女同学示意了一眼，说："就是她，隔壁商务学院的系花。"

从那一刻开始，叶绵绵才知道，即使他们在无垠的星河中难能可贵地重逢，但是从五年前开始，她也从来没有贴近过冯翊恒的生活。她不敢与他眼神相交，他天生灼热而耀眼，她的处境里一直缺失阳光。她把冯翊恒当自己的太阳，却忘了太阳俯照大地，覆盖所有，洒脱如火，从不属于任何人。

叶绵绵一直妄想，她和冯翊恒的朋友圈窄小得只能容下彼此就好了。可惜正式开学后，两人的交集少之又少，只有课间碰面时打个招呼，或者一个星期相约吃一次饭，他的课余时间更多的被舍友和社团占据。

冯翊恒报的社团是学校最出名的话剧社，里面的人八面玲珑，多才多艺，唯独没有她那样平凡无奇的。然而在冯翊恒的鼓励下，叶绵绵还是鼓起勇气去报名了，等她踏进面试教室的瞬间，本能的自卑让她不自觉地后退了一步，接着便猝不及防地撞上了后来的人。那个人后背背着一把吉他，笑得很灿烂，叶绵绵想起那天晚上见过他，新生双杰的另外一个。

叫刘海敏的男生轻轻扶着她的背，把她往前一推："别担心，这些学长学姐都很好相处。"刘海敏架着手坏笑，他是一个十分外向的人，爱笑热情，随性的表情里带着一丝玩世不恭的味道，大概系里面的女生就喜欢他那种有些匪气的样子。

"嗨，我是……刘海敏。"他朝叶绵绵伸出手。

叶绵绵有些受宠若惊地握了上去："你好，久仰大名。"

"你来报名吗？"

"嗯，是的。"叶绵绵不由自主地看了一眼坐在第一排的冯翊恒，轻轻地点点头。

在冯翊恒的指导下，叶绵绵交了报名表，然后便回到位置上等面试。她坐在后排，冯翊恒因为入社早，跟几个关系好的学姐坐在前面，刘海敏则是自顾自地在音响旁边调试吉他。很多被冯翊恒吸引而来报名话剧社的女生，几乎把位置坐满，不停地在叶绵绵旁边讨论着难得在一个教室里出现的新生双杰。听冯翊恒说了叶绵绵才知道，刘海敏其实是隔壁吉他社的，只是最近话剧社在排一出音乐剧，便请他过来帮忙。

面试正式开始后，门口忽然走进来一个人，几乎全场的目光瞬间被她吸引过去。那个美貌得像桃花一样的女孩，叶绵绵记得她叫陈琳，在亮白的灯光下，她的黑色长发闪闪发亮，眼睛像鹿一样温柔，并充满善意。

她先跟台上的刘海敏打了个招呼，便径自坐到了冯翊恒的身边——她是这次话剧社招新的面试人之一。听前面的学姐介绍道，虽然同是大一的学生，但是陈琳在高中时期就加入过省话剧团，有着丰富的表演经验，而且是接下来话剧社年度音乐剧的女主角。

那个时候，叶绵绵不知道，在她和冯翊恒的身边，原来还有一个活得那么美好的女孩。


"叶绵绵？"

失神的当口，她听到了陈琳叫她的名字，她的声音也那么动听，笑着朝她挥手："到你了，有自主命题吗，还是抽签决定？"陈琳翻着她的报名表问道。

"对不起，我没有自己准备。"那一刻，叶绵绵溃不成军。

不知道是幸或不幸，叶绵绵从学姐的手中，抽到了《同桌的你》话剧命题，一旁的陈琳看了一眼，柔声问道："找个人配合你吧，谁帮她一下？"

站在台上的叶绵绵，看见冯翊恒直起身子正准备站起来，下一刻却被陈琳拉住了，然后她递给他一部手机，让他帮忙计时，冯翊恒重新坐好，叶绵绵心里的期待顿时化为泡影。

"我来吧。"

旁边却响起了那个清亮的声音，抱着吉他无所事事几欲睡着的刘海敏，拖着凳子走到叶绵绵的身边。然后他跟她并排坐在一起，低下头，悄声说："这个简单，唱歌会吧？就直接唱同桌的你。"他用肩膀轻轻撞了一下她，并眨了眨眼睛当作鼓励，"没关系，加油。"

刘海敏离她那么近，几乎让她手脚无法动弹，而他的眼神突然变得很深，深情而真切，缓缓地弹起了伴奏。叶绵绵的回忆，一下子飘得很远。在日光夕照的下午，落叶总是发出窸窣的响声，一堂意外喧哗的自习课上，因为少年的一句"没关系"，仿佛斑驳的岁月全部静止。

叶绵绵边跟着伴奏轻唱，边红了眼眶，她的回忆那么深刻，表情里甚至带着月桂的清香。那年临走前，她试图冲下楼去跟穿着深蓝色运动服的男孩说上一句道别，可她却只敢懦弱地在他名字的旁边，画下属于青春时光的记号。

所有的声音都变成了背景，唯独那些往昔，在她脑海一遍一遍地放，一丝热气涌上鼻尖，她的嘴角开始尝到了咸咸的味道。然而除了她自己，没有人知道，那不是演戏。她对着台下那个忽然变成了十四岁的少年，在心里轻声说，冯翊恒，其实我很喜欢你。

初识在夏季，所有云朵都是花，少年笑得阳光明媚，女孩的心却时常倾盆大雨。

叶绵绵的临场发挥，加上刘海敏的江湖救急，让话剧社的人全票通过了她的考核。于是那以后，叶绵绵便和校园里最风光的那群人成为形影不离的朋友。带着痞笑的刘海敏总是喋喋不休地围在她身边，与冯翊恒相处的时间也变长了，加上系花陈琳的光芒，叶绵绵一直错觉自己会变得越来越好，好到足以和身边这三个人比肩。

然后不知从什么时候开始，叶绵绵发现冯翊恒的目光总是追随着陈琳。那时她已经成了话剧社的副社长，一切头衔和才华都值得他的注目。即使她只是静静地说着表演理论，也总能让冯翊恒目不转睛。

她是音乐剧的女主角，他便每天都陪她排练，给她搭配保持体形的健康餐饮，定时提醒她休息。上大课时，会给姗姗来迟的她占座和记笔记。每当他提到她，所有人就开始起哄，说他们郎才女貌，是天造地设的一对。即使是和叶绵绵吃饭，字里行间也离不开她。

这不就是心心念念的样子吗？叶绵绵想，吃饭、走路，看到什么都能想到另一个人。她大概懂得他此刻的心情，焦虑不安，却又能从对方一个触碰的眼神中生出欣喜。

有个周末，冯翊恒忽然给叶绵绵打电话，说要约她晚上看电影。叶绵绵半天都没反应过来，从中午就开始梳妆打扮。她第一次穿上了像陈琳那样的难以驾驭的长裙，化了淡妆，提前到达了约定地点，然而从远处跑来的却是跟她同样一头雾水的刘海敏。

刘海敏穿着黑色的外套，跟冯翊恒不同的气质，却同样有着帅气的脸。他上下打量了叶绵绵一番，晃着手上的那张电影票，无奈道："又是什么想把别人凑成一对的烂桥段？"

他靠在路边的电线杆上，默默点起了一根烟，叶绵绵走上去："既然如此，我们就去看吧，反正免费。"

刘海敏抬起头的时候有些诧异，他露出两个浅浅的酒窝："叶绵绵，心真大啊。"

电影是文艺爱情片，叶绵绵看得意兴阑珊，刘海敏甚至在中途睡着。回去的路上，公车缓缓驶向那一弯上山的路，能走好久好久。刘海敏的手机里单曲循环着《同桌的你》，十分久远的歌，耳机他戴着左边叶绵绵戴着右边。

刘海敏从车窗里看着叶绵绵沉默不语的表情，仿佛看出了她的心思。他难得皱眉，叹了口气说："冯翊恒就是这样，他的家教让他一直保持着绅士风度，对所有的人都好，温柔，仗义，喜欢路见不平，可是这样的人，很难会碰到自己真心喜欢的人。"

"我知道，我们往往以为追逐不上的，自然会有更美好的人能追上。"叶绵绵咬着唇。她当然知道他曾经的温柔，根本不可能是爱情，等她抬起头，却发现刘海敏笑得比她还难看。

后来叶绵绵在车上睡着了，恍惚做了一个梦，只记得梦里有一阵熟悉的桂花香，有吵闹的铃声，有个小胖子在偷吃零食。朦胧间，一个颠簸让她醒了过来，一双手正轻轻地按着她的头，原来是他身上的香味，叶绵绵那一刻以为自己在冯翊恒的肩上睡着了。

于是她悄悄地又把眼睛闭起来，当作靠在那个她暗恋的少年身上，每每颠簸，他总用手护着她。他的肩膀那么温暖，他的手那么牢靠，可是，梦终究会醒。叶绵绵揉了揉眼睛，对着刘海敏说了一句对不起。

即将到站前，叶绵绵看着往后走的风景，忽然问他："你有没有喜欢的人啊？"

刘海敏哈哈一笑："当然有咯。"

"是什么样子的？"叶绵绵很好奇。

"小时候喜欢过一个女孩子，很安静很可爱，后来她要离开了，我哭了好久才求我妈给我买了新手机，然后偷偷把电话号码塞在她抽屉里，那个号码我一直用到现在都没有换过，可惜她却一次都没有打来。"刘海敏往后靠，慢慢闭上了眼睛。

他说，我们的青春岁月啊，注定会赌输给不喜欢自己的人。


那天晚上凌晨三点，叶绵绵收到了冯翊恒的短信，他告诉她，他成功和陈琳在一起了。那时过了零点是 12 月 20 号，还有五天就到圣诞节。提前下了雪，是细雪纷飞的寒冬，夹杂着绵绵的水雾，因为太冷了，叶绵绵睁着眼睛到了天亮。

四天后的平安夜，为了庆祝有情人终成眷属，他们去了当初的酒肆。熟识的酒肆老板很识趣地从校外拿来了一支昂贵的香槟，那是叶绵绵喝过的最贵的酒，可是却没有半点甜味，苦得她不禁在远离嘈杂的厕所里偷偷吐了起来。

那个时候，冯翊恒和陈琳被推到了台上，他的修养一直那么好，举止大方，不羞不怯，伸手让陈琳可以时刻挽着他。她那么漂亮，一颦一笑，都是风景。接着他从口袋里拿出一条定情的项链，小心翼翼地给她戴上，当众宣布他们一定会一生一世都在一起。

后半夜，刘海敏从人群里把第二次喝得七荤八素的叶绵绵给挖了出去。叶绵绵被冷风吹得精神了不少，门外的喷泉广场上忽然放起了烟花，是刘海敏准备的。叶绵绵激动地抓住他，大笑起来："真够意思啊刘海敏，为了庆祝他们在一起，你还真是大手笔。"

"笨蛋，我是为了……"刘海敏不时扶着要摔到的叶绵绵，苦笑道，"算了，明明难过得要死，你就别笑了吧。"

"我……我我……"叶绵绵一时间结巴起来，当初说话的缺陷早就好了，因为他，只不过她至今不敢承认自己那份心灵上的缺陷，她问刘海敏，"你知道吗，我一直不敢说，怕是怕在，交付真心，却还孤独。"

"废话，我当然知道。"刘海敏跟她一起坐在广场边的长椅上，抛下身后的灯红酒绿，看着一直对自己傻笑的叶绵绵。

无数的烟花还在眼前盛放，一束一束的光圈飞向天空，叶绵绵头一歪就在他肩膀上睡着了。刘海敏自言自语地念道："我当然知道那种孤独，可是，曾经和你一起在被孤立的世界的我以为，你会给我同等的鼓励，我逗你笑，害怕惹你生气，害怕所有付出的努力都石沉大海，想要把所有喜欢的东西都给你，终究却没有得到你回应的眼神。"

刘海敏闭上眼睛，什么是真正的孤独，你有我，我又有谁？

那天晚上叶绵绵喝得酩酊大醉，她是被刘海敏背回去的。她在刘海敏宽宽的背上睡得很沉，为了不让她难受，他走得相当缓慢。叶绵绵半梦半醒间，一直听到有人骂骂咧咧地叫她名字，声音很熟悉，而后又变成了傻乎乎的笑声。

她的脑海里，一直不断地闪过冯翊恒温柔微笑的脸，陈琳精致动人的脸，刘海敏龇牙咧嘴的脸。少年都变成了当初稚嫩的样子，留在时光的罅隙里，像长长的镜头一直一直往后退。等到她刚想追着那个好看的班长跑过去，就被一个拿着零食的胖子拦住了。

"我叫刘海……"胖子有些紧张。

女孩给了他一个白眼没搭理他，并在心里想：刘海什么，你的刘海被黏糊糊的汗贴在额头上，真难看。这个胖子真胖。

直到女孩走的那天，前面的胖子回过头看着正在收拾书包的她，露出苦笑："喂，你记得我的名字吗？"

女孩依然没有回答，表情仿佛在说，胖子就叫胖子啊。

当年树叶落满了校道上的斑马线，依稀只见露出的几处漆白，校门口大批新鲜的面孔进进出出，脸上都闪烁着希冀的光，唯独那个背着粉色书包一步一回头的女孩，仿佛时刻都想把自己蜷缩起来。

同样因为外形不好而被人孤立的小胖子，鼓起勇气走上去，仗义地问她是不是新生，他可以带路。可是女孩一句话都没说就跑了，那才是她来到这个学校时第一个主动和她说话的人，她却把失落的他留在了身后。

再后来，小胖子的小世界里多了那个也不被人待见的女孩，心思藏不住，他想要哄她开心，想两个人成为彼此坚固的城墙，反而弄巧成拙。得不到回应的胖子觉得自己真是太孤单了，他偷偷躲到天台上哭，从门口的玻璃窗上看见了躲在另一边的女孩，这一次，女孩手里拿着手帕，一步步想要走近他。可最终还是停住了。原来女孩的心里住着全班最优秀的人。

胖子的妈妈安慰胖子说，很多男生的个头和智商到了一定年纪就会改变，他只是比别人晚了一些，女大十八变，而男生，要千锤百炼出深山。于是他开始拼了命地努力，丢掉零食，决心减肥，刻苦学习。五年过去，她疾病痊愈，他大器晚成。

再次相遇，已然蜕变成万众瞩目的少年立在月光的阴影里，从玻璃门外看见喝醉的她。纵使相逢应不识，她果然没有认出自己。他接近她，陪她唱那首明明属于他们的《同桌的你》，像曾经那样，眼睛一刻都没有离开过她，而她的泪却仍然为着当年那个优秀的人而流。他拜托冯翊恒替他保密，不要告诉她自己的身份，除非她自己想起来。他围绕在她身边，看她笑和哭，一路走来，深深浅浅，歌却终究只唱了半截。几步之遥，一生距离。

刘海敏轻轻晃了晃背上的叶绵绵，想叫醒她的梦："喂，别睡了。"

叶绵绵的手垂在他肩膀两侧，不知不觉地抓紧了，她依稀听见他说："大笨蛋，你什么时候才能想起我？你为了与他同辉，终让自己发光，你妄想追逐你的太阳，可你，同时也是别人生命的仰仗。"

# 13

情歌是最好的礼物

香港劲歌金曲还在流行的那年，我们不甘落后，自己标注拼音学咬字学发音，唱着唱着，也学会了粤语歌里的苦情。于是总有几句歌词，被唱成了自己的故事，一路往前走，一路哼着歌。

从前班里女生的课桌上，总是摆着很多精致的文具。例如用一张满分考卷跟父母换来的水彩笔，生日时得到的笔记本，以及跟最好的朋友交换的文具盒，无论如何，好像那些年所拥有的礼物，必定都要跟学业有关。

课间的时候，广播播完了眼保健操，会有大胆的高年级生向广播站点一首当季的流行歌曲，说要当成礼物送给想要祝福的人听。那一次我刚放下手里的课本，头顶上的喇叭传来陈奕迅的《明年今日》，年久失修的音响带点沙哑，醇厚的嗓音唱着："明年今日，未见你一年，谁舍得改变，离开你六十年……"

恰逢我无意看见窗外的阳光漏进窗帘，走廊铺满光线，小小的缝隙里，风和歌声都飘了很远。我迟钝一秒，第一次发现，课业外的礼物居然肆意得那样美好。

情歌的意义真心又隆重，变成礼物，直抒胸臆，充满惊喜。

那时距离学校不远就有一家音像店，装潢讲究，货品齐全，还是卡带刚过去的年代，CD贵得离谱。每次路过，都有不少学生驻足，听店里循环播放的歌，不消片刻就能跟着哼唱。后来我也成为在店门口听歌的一员，装作来来回回地路过，还被同桌撞见几次。

当时年纪小，零花钱的用处最大尺度也仅限于一两本课外书，用来买唱片，实在是属于不务正业，如果被老师和家长发现，后果肯定不堪设想。我生性胆小，同桌估计看出了我的顾虑，有一次大摇大摆地叫住我："进来。"

我还记得，那家店刷着米白油漆墙壁，在昏黄的光线下显得十分柔和，充满魔力，一排排架子上摆着琳琅满目的唱片，有好看的封面、精美的包装以及昂贵的价格。同桌就在这时大手一挥，问我："你喜欢哪张？"

我有些莫名地看着他，抬头又低头，反复几次，心里紧张不已。他父母都是我们学校的老师，对他自然分外严格，但是他却仰着头，特别骄傲地说："我考了三科全满，这是我的生日礼物。"说完他观察着来来往往的人群，停留在最多人的那个货架，兀自转了一圈，最后选了架子上仅剩一张的《黑白灰》，是当年最热卖的专辑。

他说把那张专辑送我，我问他："那你呢？"他抹抹嘴，走到旁边的刻录店，照着唱片拷贝了一份，然后粲然一笑："这样就有了，双份。"他把专辑递给我，自己手里却拿着一张孤零零的复制的光盘。正值日光丰盛的午后，光盘背面忽然变出了彩虹，像他的眼睛多彩又光芒四射。

我把幸福看得太简单了点，你有多用心我却没有发觉。

那些歌词时至今日依然能倒背如流。因我坚信每首歌背后都有一个故事，难过的和幸福的，或者能站在你面前依然不曾保留的，仿佛歌词长着翅膀，路过泥泞，飞过山岭，只为送给懂的人听，仅靠这样拥抱你，或者继续下落不明。

于是对我来说，那是一份特殊又珍贵的礼物，因为一分为二，就像多了一个人分享。

那张专辑被我反反复复地听，旋律充斥在耳边，歌词在脑海里循环往复，自习课的时候，哼出来，发现同桌默契地转头，隐秘地相视一笑，我唱的那句他一定也懂。所以才说这于我特别，凭着情窦初开的年纪，凭着一把直尺的距离，遇到广播放着歌，心意可以不用收敛。

那年已临近毕业，全班同学都在互相交换同学录，只有我固执地抄着歌词。

一本封面简洁的笔记本，一丝不苟地也把那张专辑的歌词都复制一遍，黑色墨水的钢笔，在白色的纸上沙沙沙地响，旋转又跳跃，像那一首曾经彼此都熟悉的旋律。遇到很多用心之处，我想着等到多年以后，白纸泛黄黑字暗淡，可是那么美好的初衷，一定会让无论何时都做着分别的人，想要变得留恋。

我把那本歌词本送给他，说配上他那张孤单的光盘，成为一套，当作纪念，永久保存。

他有些郑重地接过，跟那日晌午一样，笑得温暖又欢腾。大概有些物件能承载一种很奇怪的默契吧，它彼此连通，当然也能借此明白期望成为谁的一半。那同样是我送出的最特别的礼物，好事成双，想起来会莫名地觉得悸动。

不过年少的事，有幸福甜蜜，更多的是羞怯，固执地认为长存的是缺憾而不是拥有，所以先兆再好，也依然是毕业分别，渐渐失去联系。不必强求，才能安安稳稳地走。直到很久很久之后，有一次我整理书柜，从陈旧的纸箱里掉出那张专辑，我捡起来一看，失神了很久。

里头的封面早已泛黄，图片上陈奕迅的笑脸变得斑驳，仔细一想，同桌的样子竟然也模糊不清了，我很努力地回忆，却被脑海里复杂的人事抹去。幸好值得欣慰的是，人容易被取代改变，旧物却还能放得更久，直到最平凡的故事变成绝版，成为绝唱，然后等待再一次被人珍惜地翻开。

大学毕业后我曾在电台实习。在走廊最末端的音响室，摆放着一排铺满灰尘的货架，狭小的房间潮湿又沉闷，里面放置了无数被淘汰掉的唱片，有些是当年的热卖，不过迅速地更新换代后，摆在最里面，甚至没有拆封，被人们轻而易举地忘却。

我一度想，我收到的那张专辑其实并没有多大的辨识度，但是曾经的同桌不一样，如果他再次找到那张复制的光盘和那本手抄的歌词，这样搞笑幼稚的组合，那么他会不会和我一样，在下一秒或者更久的时间里努力地去回忆谁？

那天下班我路过附近街道仅存的最后一家音像店，一闪一闪的快报废的白炽灯晃得人头晕眼花，音响也历经了多年的样子，沙哑又常被电流干扰。但那时店里传出了陈奕迅和王菲的《因为爱情》，是那年很红的电影主题曲。虽说爱情电影的内容千篇一律，但是陈奕迅和王菲的声音却让人难以忘记。隔了那么多年，那个熟悉声线在唱："给你一张过去的CD，听听那时我们的爱情，有时会突然忘了，我还在爱着你。"

脱俗的合唱，婉转的词义，让我又想起来那张被拷成两份的礼物。原来我们从卡带经历了CD到DVD，再到现在网络、手机和软件可以随手播放的音乐，而我最年轻的时光，最羞涩的故事，却停留在了那张CD那样古老的年代里。

我还记得同年有部台剧《薰衣草》非常流行，里面有句台词，小时候的男主人公骑着自行车载着小时候的女主人公，风呼啸过耳畔，他们穿过紫色薰衣草的花田，仿佛空气都是和缓的花香，跟着轻快的配乐，小男主穿着蓝色的衬衫，腼腆地对小女主说："送给你，这是薰衣草。"

然后场景忽然一变，音像店的门口，摇头晃脑的同桌咧嘴一笑，校服的白衬衣洗得非常洁白干净，也有在风中飘扬的花香，最后他璀璨地一抬头："送给你，这是陈奕迅的CD。"

我们路过了那么多地方，世间万象，人海茫茫，有些事物真的要很用力回忆才能想起来，所以保存的礼物就像打开回忆的钥匙，可以仔细珍藏也可以迅速遗忘，更多的是像现在，人事虽了，记忆尚在，深刻的是翻开时能给你直接的感动，跟第一次收到时一样充满惊喜。

那一年薰衣草的花语是等待爱情，但是那时，浮在脑海里的歌词却是：

在有生的瞬间能遇到你，竟花光所有运气。

# 14

## 这是我唯一能给你的时光

一生热爱，回头太难。

乔辛离开这座城市的时候，在出租屋的墙壁上写下这几个大字，然后她把粉笔用力一掷，走得潇洒，头也不回。她说，我们敢爱敢恨，却注定成为路过彼此一生的人。

乔辛是我大学的同寝，一个重庆姑娘，条件一般，长相平平，但是为人豪爽仗义。大一那年期末考试期间，全系只配了一个自习室，她愣是能在下课之后三分钟之内赶到替我们占座。跑得很快，做事很拼，并且很能吃辣，三两米线要加半斤辣椒的那种。然而在大二的那年，乔辛却交了个不能吃辣的男朋友。

那个人叫陈朗，南方人，长得白净，一看就是文弱书生。他是艺术系有名的才子，会摄影会画画，和乔辛那种大大咧咧的姑娘，一点儿也不相配。可是新学期一来，我们就惊讶地发现，从不打扮的乔辛竟然学会了化妆和穿高跟鞋。

粗鲁的女生终有一天会为悦己者容，她边对着镜子贴假睫毛，边对我们说，爱情像磁铁，但不是两个人相互吸引，而是影响彼此的力量那么源源不绝。这句话吓得我们作鸟兽散。

2009 年，大二的我们和新来的学妹聚会，在学校附近的小酒馆喝酒，七倒八歪地喝完后，其他人都陆陆续续地走了，她使劲儿地拉住了我。

她继续给我满杯，犹豫地说："陈朗要出摄影集了。"

我有些不好的预感，依然赔笑："这是好事儿。"

她说："要去四个国家采风，资金不够。"

我问："所以呢？"

她悠悠然地回答："所以我把这学期的学费给他了。"

我腾空而起，撞倒了酒杯："不是吧，那你打算怎么办？"

她摊摊手："勤工俭学呗，实在不行，把学退了。"

我忍不住大骂："他丫值得你这样付出？"

她先是点了点头，过了很久，才把手里的酒一饮而尽，苦笑道："鬼才知道。"

那时我们的身后，不知道哪桌的人失恋了，正在高声豪唱：想要问问你敢不敢，像我这样为爱痴狂。我心里一紧，只觉得太相信爱，迟早要越陷越深，等爱化成灰烬，悲喜交加的回忆也未必是种值得。

后来我替她瞒着拖欠学费的事，并一起去求辅导员给了宽限的日期，从此乔辛省吃俭用，每天只吃一块钱三个的包子，分成三顿，时常饿得昏天暗地，还要去校门口发传单做兼职。我看不下去，拉她去吃东北饺子，她拼命塞了好几碗，结果因为饿太久吃太猛，一出门她就吐了。

她扶着墙，脸色苍白得像张纸，我刚想说些什么，她却摆摆手："陈朗是我的初恋。"

她说："可是，我总觉得初恋这种事不温馨也不浪漫，反而有点悲壮。"

"一生一次，就是那种为此死了也无怨无悔的壮烈。"

她问我："我是不是很蠢？"

我想了想，"也不用把自己说成那样，你只是太喜欢他而已。"

三个月后，陈朗的摄影集如期出版，但是卖得不太好，出版社亏了不少，为此陈朗整日借酒消愁，绝口不提还钱的事。乔辛觉得他怀才不遇，心疼他，把自己兼职得的工资全拿去买了他的摄影集，堆在寝室里，每天看着它们发呆傻笑和继续吃包子。

由于学费和住宿费都没缴清，乔辛只能搬到陈朗在学校附近的出租屋住。那是一间小平房，卫生间和厨房都是公用的，家里被乔辛布置得花里胡哨，倒也温馨。那年陈朗给她拍了成千上百的照片，一个样貌平凡的姑娘，镜头里带着一脸阳光，贴满了整个墙壁。

我担心过他们之间的南北差异，陈朗过得有格调，乔辛却马马虎虎得过且过。结果一个月过去，两个人恩爱有加，不吵不闹，小日子过得有滋有味，这有些出乎大家的意料。但我知道，很多时候，都是乔辛在迁就他。

大三的乔辛异常努力，除了上课兼职，还得陪着陈朗四处拍照，安顿他的饮食起居。乔辛成绩一直不错，那个时候我们系有个去新加坡做实习翻译的名额，为期半年，工资高，待遇好，实习结束后甚至还可以选择留在当地工作。乔辛好不容易得到了这次举荐，拖欠的学费和之后的生活费也即将有着落，可是她却因为陈朗，再次放弃了。

那段时间，陈朗正在筹备开摄影工作室，忙得不可开交，整日出去跑项目谈合作。一次饭局回家的途中，因多日来的疲惫，在高速上发生了追尾，送到医院后身体没有大碍，就是颈椎有些受伤，并且因为疲劳驾驶，要赔偿对方全部损失。

乔辛接到这个电话的时候，我正在陪她收拾去新加坡的行李，之后，她把衣服和用品妥妥当当地原位放了回去。然后她赶去医院照顾他，义无反顾地用她的路费帮他解决了赔偿。那天晚上，冷冰冰的医院，陈朗半夜模模糊糊醒来，发现乔辛正趴在他床边睡着了，脸色苍白，一脸疲惫，陈朗艰难地起身，摸着她的头发，心满意足地笑了。

乔辛睁开眼睛的时候，正好看见他。我们身边有朋友说陈朗是故意的："他就是一个自私的人，他怕你离开，所以出此下策。"还有人说："乔辛你太傻了，为了一个男的赌上自己的前程？"可是，人的一生中，一定会经历大大小小的选择，也一定会为了某一个人，放弃最好的那个选项。乔辛淡淡地回答，因为陪伴那个人的日子，足够弥补失去一个机会的遗憾。

尽管我也对此愤愤不平，但是那一刻，我仿佛可以理解乔辛，理解她说这份初恋给她的万分沉重的爱。毕竟钟情，债各有主。

2012 年，我们顺利毕业。陈朗的工作室成立了，不过起步非常艰难，他没有背景也没有人脉，生意惨淡，日子过得飘飘摇摇。两个人却甘之如饴，还是住在那间出租屋里，陈朗给人拍照，乔辛就帮忙化妆给他当助手，然后一起收工一起回家。乔辛那时已经变成了一个说话轻声细语，吃菜只要微辣的姑娘。也到了谈婚论嫁的年纪，他们说好，过完年后就结婚。

秋天来临前的那个9月，我办生日宴，把昔日的旧同学都请了去喝酒唱歌。那天晚上，我们难得穿得花枝招展，尽情狂欢，穿越这座城市的霓虹和灯火。回去的时候，乔辛走在最前面，一个身高一米七的重庆小妞，高跟鞋踩得稳稳当当，一改往日贤妻良母的形象，没走几步就像从前一般，大咧咧地往路边的石墩上一坐。

"×，走不动了。"她说完，借着酒劲，忽然自顾自地大声哭了起来。

事情发生得太快，我们一时之间反应不过来，等我回神的时候，大家已经围了上去。我直觉她有事，把其他人支开，蹲下来问她："你怎么了？"

她过了很久，才说："我要和陈朗的妈妈见面了，你能不能陪我一起去。"

"我当什么事呢。"我笑道，"俗话说丑媳妇终究要见公婆，何况你也不丑，至于吓成这样？"可是下一刻，我却看到了她悲伤得难以自持的表情。

双方见面的地点选在一家很便宜的饭馆，是东北菜，陈朗的妈妈知道乔辛是重庆人，点了一盆硕大的剁椒鱼头。我陪在一旁有些坐立不安，阿姨看起来年纪偏大，四五月的天气穿一件洗得发白的碎花布衣，瘦削，脸色蜡黄，看起来刻意梳妆过了，却还是难掩朴实的土气。

来的路上乔辛跟我说，陈朗其实并不像在学校看到的那样光芒万丈风度翩翩，他的家在一个很偏远和贫穷的小镇里，条件非常不好。父亲去世以后母亲改嫁，在乡下特别被人看不起，后来连生了两个都是女儿，夫家开始对她诸多挑剔，前段时间他母亲还查出了乳腺癌，继父家不愿出这个钱，只给她开一些最便宜的中药。

这些事，乔辛说她也是最近才知道，她说陈朗那么骄傲的人，能跟她说出这些，确实不易。她还说，陈朗想关掉好不容易起步的工作室，想办法筹钱给母亲治病，婚礼恐怕也要取消，两个人就领个证，简单吃一顿。

我有些犹豫，但还是问她，这病不是小钱，你确定要跟他背负上这些吗？乔辛回答我说，他妈妈知道他有这个想法后，极力阻止了，说治不好，坚决要放弃，还说一辈子一次的婚礼，不能亏待人家姑娘，要好好办。

我看了看她，她的表情始终淡淡的，却下意识地拉紧了我的手。


饭桌上，我不敢多话。乔辛给阿姨倒茶，阿姨小心翼翼地说谢谢，一边盯着餐牌上的价钱一边笑着说："你们喜欢吃什么就点什么，多吃点。"

乔辛点点头，显得心事重重，不断吸着鼻子说："好。"

阿姨说："辛儿，你别怪我不请自来，我是怕以后都没有这个机会了。"

陈朗打断她："妈……"

"不说这个了，你们吃菜，多吃点。"

一顿饭吃得我沉重万分，席间也没有过多的交谈，阿姨始终安安静静地给乔辛夹菜，自己却没吃几口。结束后，陈朗要去结账，被阿姨拦下："这顿饭是我请辛儿的，等妈回去了，你们两个好好工作好好过日子，知道吗？"然后她解开口袋上的扣子，掏出一包手绢包着的零钱，在服务员不耐烦的视线下，一张一张地数着。

她边掏钱，边絮絮叨叨地说："不要惦记我，你们的婚礼，妈就不来了。"

听到这里，乔辛哭了，她背过身去，强忍着说："我一重庆人，竟然辣着了。"

那一刻，我转回头，第一次看到陈朗露出那种表情，是那种难以言喻的窘迫。他看了看仔细收起那两个五毛钱硬币的母亲，又看了看忍耐着的乔辛，拳头攥得紧紧的。从前他有才子的盛名和傲气，可是此刻，他的眼睛无从安放，什么姿态什么风骨，那些看似与生俱来的符号都在顷刻间被挫骨扬灰，变成一种可笑和卑微的努力。

他再看向乔辛时，眼里正是闪烁着那种被人拆穿的痛苦。

还没有等到那一年过去，乔辛和陈朗就分手了。迟迟不来的春日，那个冬天遥遥无期，我看着他们一路走到终点，像天空中若有似无的细雪，一经风吹，就变成了两颗微弱的尘埃。身边有朋友说，年轻的时候，可以给你一段同甘共苦的时光，可往后的岁月那么长，有谁能陪谁到困难重重的天荒地老？

太难了，乔辛也这样跟我说，比起大学时，为他打工为他省钱吃包子的那种付出，确实太难了。所以乔辛跟陈朗提出分手，她很平静，只跟他说了一句，太累，过不下去了。他说好。

后来我想安慰她，只能从其他角度告诉她，这不是她自私，这确实不是饿肚子，不是流言蜚语，也不是多大的难关，只是无论她坚持要他给母亲治疗，还是对此事再也绝口不提，陈朗被撕碎的自尊心也依然会变成两人之间那道又长又深的沟壑。

半年后，陈朗关掉了工作室，独自去香港发展，乔辛打包回了老家，没带走这些年他们闽南走北一起买的家具和衣物，只拖了一箱子从墙壁上撕下来的几百张陈朗给她拍的相片。在家挂了一个下午，也只挂好了十几幅，而这之间，却经历了那么长久而难忘的时光。

乔辛回到重庆后，我们渐渐少了联系，有次听说她家里给她安排了相亲对象，她觉得还不错，对方会做饭，还会摄影。今年春节，我跟她通长途电话，聊了从前的很多事，说起陈朗，乔辛云淡风轻地笑笑说："其实最开始的时候，你们都把他当渣男看吧，花女人钱的小白脸？"

我没好意思点头："也不是，冷暖自知吧，我们又没资格去评价什么。"

"估计身边的人也没当我是个东西，跟了陈朗那么多年，临了一有事就把人一脚踹了。"

她自嘲地笑道："绝配。"

我不敢应答，只忍不住叹了一口气。后来她说着说着，声音小了下来，她告诉我说，其实陈朗妈妈来的半个月前，她有天晚上偷看了陈朗的邮件，才知道原来有个香港的公司很早以前看上了他，要他过去大展拳脚。是给明星拍照的那种，一个月的薪酬能抵上工作室大半年的收入，不仅能给他母亲治病，搞不好还能扬名立万，可是对方却要求他六年内不能结婚。

乔辛说，后来陈朗还去了那家公司面谈，骗她说去采风，他也许曾经有过这种念头，想要不顾一切地走了。她咂咂嘴："如果他当时真的一走了之，那倒还好办。"

"他为了你放弃了？"我有些诧异。

"他给对方的回绝信里，写了这么一句，不后悔自己的选择。"乔辛发出了一声笑，"跟我那时候没去新加坡一样，是打从心里冒出来的那种无怨无悔。"

"所以你放手了。"

"我们都那么愚蠢。"

我这才明白乔辛跟他分手的理由，不知道怎么答话，想了很久，才想起从前跟她说过："也不是，你只是太喜欢他而已。"

"后来过了一年，陈朗给我打了一笔钱，六万块，这是我跟他那几年来花费掉的钱，包括我一学期的学费，我去新加坡的路费和预计得到的工资。你看，我们的青春，他都算得清清楚楚，分文不差，现在他把钱还给我了，我们互不相欠，再也不。"

"六万块，挺多的。"她说，"我吃过的苦，流过的泪，我想去而没去过的地方，和我本该开怀大笑的青春，我要用这些钱把那些遗憾都重新走一遍。"

"你看，我一个好姑娘，年轻的时光，统统都在付出。"电话那头，沉默了非常非常久，最后传来了一声低吟的，"×，我甚至，让他恨我，让他觉得我害怕跟他共患难，让他觉得，爱情终究要被现实摧毁，我蠢得都没换来他一句谢谢我的成全。"

你只是，太喜欢他而已。我也忍不住红了眼睛。

挂上电话后，那个晚上，我久久不能入眠，半夜看到她更新了一条微博，她说等海浪滔滔，等卷土重来，等日月星辰更迭来铺垫我的世界，我现在的岁月，只差一个你，终将不是你。

几分钟后，又接着第二条。

何必回头，不必回头。

# 15

## 荒原枕星河

和你走完这一生，能记住的人事不多，跨遍南北，尝遍山水，不如归去。

1

2010 年除夕，我看着窗外，眼前掠过一列列素色的杨树，裹着白霜，像行进的僧侣。这一列火车上，只有对面车厢有两个中国人，挤在一起吃饺子，是仅有的年味。我一个走神，竟回到了那年的狭窄巷口，父亲和我蹬着一辆自行车，除夕夜的烟花和炮竹都开在身后。

这种记忆交错在冷冷清清的眼前，只有一个人旅行的时候才会出现。无须感知别人的喜怒，没有迁就，前路漫漫，自娱自乐。我一周前辞职，满打满算带上所有家当，勉强踏上这次旅途。不太确定目的地，独自一人，也不打算在半路结识新朋友。

不记得火车停了多少站，我坐得腰酸背痛，决定下一个站出去走动。只有五分钟的停站时间，我一出火车一阵冷风便唰地灌进身体，站牌上写着不知名的地方，站台后面一片茫茫的白雪，有几座低矮的屋子建在山上。

放眼看去，屋后的雪地里有一列列半掩的三角形墓碑，应该是个墓园。每个墓碑上都有竹扎的十字架，整齐如一，上面依稀停留着一两只动也不动的黑鸟。那种肃穆的雪景萧条得瘆人，我没想到旅程里看到的第一幕风景竟是这样的。让我再一次想起了父亲。

从小除夕于我的概念并非团圆，父母分家，颠沛流离，父亲离世后更觉得没了依靠，好像自己在这世上谁人不与，是种十分孤独的存在。所以这不是一趟可以疯狂奔跑的旅行，不是震撼的释放，这世界也远没有想象的开阔。只是悲伤的人需要做比昨天更竭尽全力的事。

我按时回到火车上，下一站会开往我将要搭乘飞机的城市，那一路白晃晃的雪景和那些墓碑，终究会留在身后吧。那时我想。

接着到站，转机，历经了让人招架不住的长途飞行，我才到达那个炎热无比的岛屿。岛名很长，也不是个人流的旅游景点，所以人十分稀少。据说前几天来过一场台风，暴雨后的天空澄澈晴朗，走过那片细软的沙滩，才看见一家可以租赁潜水装备的旅店。

蓝白相间的装潢，门口贴着几张照片，是一个黑发小男孩只身漂浮在洋流里，身边一群交织的鱼群。老板娘是印尼人，得知我是中国人后，便用有些生硬的英文告诉我说，那是她儿子的相片，叫小恩。

老板娘风韵犹存，热情健谈，我问她要了一瓶解暑的冰水，她看了一眼日历奇怪地问我："在中国，这个时间应该过新年，你不用和家人团聚吗？"

我摇摇头："我一个人过，在哪里都一样。"

然后我选了一间朝海的房间，老板娘把我安排妥当后，开始断断续续地和我说起了自己的家事。她独自一人带着儿子小恩，待在这个放置了很多潜水装备的旅馆里，她说自己恨透了这些东西，但是这家店却是小恩他父亲留下来的，也就成了她养家糊口的工具。

我大概听懂了小恩父亲的事迹，他原先是一名专业潜水工作者，技术高超，一次为了救人意外离世，就在我眼前的这片海里。

小恩比照片里看起来大很多，下午的时候他和一群少年从海里远远地走回来，身上穿着潜水服。小恩看见有客人很高兴，他和他妈妈一样好客，开始和我聊起他潜水的经历。十几岁的少年，爱笑，拥有满腔热血和一颗征服的心，他们脸上的狂热让我对那片广袤的海产生了极大的兴趣。等到傍晚水位降下去，小恩和那几个朋友便嚷要我加入他们的海上派对，于是把我拉到了夜幕中的船上。

船径直往海中开，小恩成了和我最亲近的人，也许是因为经历相似，也许是因为在飘摇的海上，我们必须信任彼此。他们开始在船上放歌，那激烈的音乐冲撞着寂静的夜晚，陆陆续续开始有人跳到海里，他们游刃有余，手里拿着啤酒，嚎叫狂欢。我也不甘示弱，深吸了几口气，也随小恩扎进了漆黑的水里。

接触到水的一瞬间，全身都像化开了一样那么柔和，冲击着皮肤，那失去手脚力量的感知，好像也掩盖了所有想哭的情绪。我们浮在海面上，那一刻月光铺向海面，所有的歌声和喧嚣都变成了悼念，我转头问小恩，你想你爸爸吗？

他看着我的眼神坚定，他说他每天都能在水下见他一面，他的爸爸就在这片大海里。小恩说，潜水的人不惧死亡，他们的生命起源在这里，归宿也在这里。不惧死亡，也就没有死亡。我很诧异，这是个十几岁印尼少年说出的话？比起我这样的人，白天强势，夜晚脆弱，凡事硬撑，他们的世界比我要稳固得多。

第二天清晨，我起得很早，老板娘说我必须要先接受专业的指导，才能开始真正的潜水。她介绍了一个教练给我，是小恩父亲的朋友，教练说我有天赋，训练半天后就同意我下水。小恩听到这个消息，激动地邀请我即刻出发。我在老板娘的帮助下穿好装备，随这群开朗的少年上了船一路踏浪。

海面折射着午后的阳光，一条条的光线晃晃荡荡，海天交接无比耀眼。我伸手去撩拨那些金色的线条，突然和这片海产生了默契一般，等我身体真正潜入大海的那一刻，不知道如何解释内心那份释放和安宁，所有的无声和空旷，反射到内心，却变成一片波澜。那一刻我甚至忘记了呼吸，习惯着这样失去大部分重力的下坠和飘荡。

鱼群在我身边掠过，越往下，海的颜色越深，小恩过来拉着我的手，把我引向一个地方。眼前出现了一个洞口，又深又远，那里面通向另一个世界，小恩用手势告诉我，他的父亲在里面。我恍然大悟，盯着那片黝黑的深渊。

那无边无际的辽阔，包容了不知道多少星星点点的生命体，三毛曾说，出生是最明确的一场旅行，死亡亦是另一种出发。我似乎明白了小恩说的话，生命起源在这里，归宿也应该在这里。从此海对于我来说再也不是一个空洞的名词，它的庞大和包容，足以重建一个世界。

因为没有彼岸，难以接近天空，才无法眼睁睁地等待覆没。等松开脚底下缠绕的藤蔓，冲出黑暗的海水，浮出金色的海面，迎接第一口舒畅的呼吸，投下的太阳的光影即是重生。

我告诉小恩我要离开的那天，他为我办了一个篝火晚会，在沙滩上，零星的五六个人，气氛却很热烈。他们手舞足蹈地用我听不懂的语言高谈阔论，眼睛清澈得像海水。远处一片漆黑，唯一流动的只有海浪的声音，层叠来回。

小恩说，我虽然想念父亲，但不难过，我为他感到骄傲。他爸爸是英雄，救了人，他指了指坐在对面隔着篝火的教练。是他，我这才反应过来。大概生命的变迁和转移，所有的生死，远非我能看到的那么简单。海记录下的故事，有流动的延续，我们无能为力改变它的走向，却会为了它的包容而心境澄澈。

晚会结束的时候，我紧抱着小恩，他更加用力地回抱了我，但是他眼里没有不舍，分别对住在海岛上的他而言，已经是惯性。他重重地在我背上拍了两下，嘴里念叨着鼓励的话，我只记得一句，be your father。他是在告诉我他的信念，希望我和他一样坚持。

临走前老板娘给了我几张照片，上面拍的都是我的脸，她说我的脸很漂亮很上镜。我随手翻阅了几张，照片上我的眼里不再是空无一物，那里面投有一片湛蓝。


    2

离开热情如火的岛屿，下一站更接近天空，我再次倒车和飞行，前往下一个目的地。是从旅行资讯上看到的地方，上面说，体验过一次蹦极，就像死过一次，会决然超脱。虽然我只当那是骗人的广告，毕竟脚下还绑着一根绳子，一翻晃荡，又怎能真正超脱。

那个号称入选了世界之最的蹦极项目，两百多米，从那里一跃而下，能看到满目的南非荒野，刺激中带着悲壮和阳光炙热。这是我选择这里的意义。蹦极的前一天，我先在酒店看了几个有关视频后，接着睡了整整十二个小时休养生息，当天的梦里都是各种跌死的惨状，醒来后我忍不住自嘲，即使要死，体验超脱的信念还是坚不可摧。

然后换上轻薄的衣裤，简装上阵，那一路上有轻薄的雾气。我选在清晨，无非是希望荡下去的时候没有太刺眼的光阻碍视线，我想看清那些荒芜的原野、无垠的气势和一色的壮阔，是这个世界本来的面貌。

尽管是以生命为赌注的高空跳，却写下许多的世界纪录和传奇。蹦极地点在一座桥上，我刚上去就看见一群人，正在给即将下跳的挑战者加油打气。我穿过他们，忍受耳边时不时传来的一声声尖叫，唯独在一个角落，看见一个举着手机的女孩，看起来像亚洲人。

我在一旁看着她，黑色的长发，个子很高，女孩不像在自拍，也许是视频，随后便听见她用中文说了一句："你要是和我分手，我就跳下去，你信不信。"

原来是个中国人。她那句话说得语调柔和，没有一点威胁，像是情话。好奇心使然，我悄悄站到她身边，却发现她的手机屏幕漆黑一片，没有接通任何人。

"你在偷听吗？"她忽然转过脸来问我，笑了一下。

我有些抱歉地摇了摇头，她发现我能听懂中文，便继续说："偷听也没关系，我根本没打通，只是在演习。"

我笑出了声，只觉得她有趣，告诉她："我也是中国人。"

"他乡遇故知。"女孩很随和，"我叫魏薇，很高兴见到你。"

我和她握手，看到她手上拿着蹦极的排号，问："你在跳之前，应该会打这个电话的吧。"

刚说完，一个工作人员就过来问她，要跳了吗？她指了指我说："等会儿，还想和新交的朋友聊聊天。"

我猜她是退缩了，便试探着说："要不你把排号给我，我先跳吧。"她摇头，说再聊聊。

时间渐渐接近正午，魏薇聊起了自己，说她做过许许多多的职业，但是男朋友始终只有一个，整整十二年，但是最近关系恶劣，十分不如意，这里本来是他们蜜月旅行的行程之一，如今有人缺了席。我不懂如何安慰，因为这二十几年来，我也并没有身心那么亲近的一个人，所以不懂她的痛苦。

言谈间，山间的薄雾早已散去，高度清晰起来，我们走到观景台探头往下望，顿时一阵心虚。那劈开的山峡卧在桥的两边，一直蜿蜒着到我看不见的尽头，底下是一望无际的荒原，磅礴萧落。此刻我的存在感变得异常渺小，那褐色的岩石间，回荡着一声声呐喊，跳下去的每个人，就像蝼蚁，一眨眼就消失在高空里。

"等会儿帮我一个忙，可以吗？"魏薇举起手里的手机，向我晃了晃。

"说吧。"我点头。

"等会儿我给他视频电话，你帮我拍，对着我拍。"

魏薇披散的头发被风吹得凌乱，我看不到她的神情，只觉得她的声音有些哽咽。看见我答应下来后，她开始穿起装备，按照工作人员的指导，慢慢地往跳台上走，我只能在观众区举着手机对准她，等她开始跳的时候再拨通那个电话。周围的工作人员似乎不怎么喜欢我们这样安静的氛围，边手舞足蹈地给她打了气。

我站在护栏外看着魏薇，她蹲下来往下看，好几秒的时间一动不动，最后转过头朝我大叫："我的天啊，真的太高了。"

"那你还跳吗？"我回喊。

"当然，我要跳了，快打电话！"

收到指示，我点了视频的邀请键，魏薇还在等着那一秒的纵身一跃。"通了吗？"她的双眼满是希望，我却不知道怎么回答她，因为视频邀请被对方拒绝了，无声无息地在我手上。

对面的女孩束缚着双腿，一次次深呼吸与高空搏斗，她站在边缘，没有退路，要为手机那端决绝的人拼了命。我不忍告诉她真相，只好比了个OK的手势，然后打开了手机摄像，我想我能做的也只有这样了。

我原本以为，魏薇会像我之前刚刚看到她演习时候那样，说一通乱七八糟的胡闹话，但她竟然一句话都没有说，只是紧紧地盯着手机镜头，脸上蓦然有些悲怆，她的眼神里，有着谴责和质问，甚至带着蔑视和讥笑。

风刮了好久，魏薇的嘴巴终于动了动，但没说什么，只是捋捋头发，问我一声，好看吗？

好看的。

下一秒，她毫无预警地往后倒了下去，我用镜头追随着她落下去的身影，飘飘荡荡，没有发出一点声响。伸手能触摸到的是南非飘着的云，狂野的森林在身体以下，寂寞的原野被无限延长，于是我们都变成空中默默无闻的一点，毫无波澜，却勇敢飞翔。

魏薇回来的时候，眼睛通红，头发黏在额头，上来就给了我一个拥抱，嘴里大骂道："×，真像死过一回，能活着回来见到熟人的感觉真好。劫后重生。"

熟人？我突然感到有些温暖，为这个陌生的女孩，拥抱我的那一刻第一次被人产生需要。我和她一样，那一刻我需要友情，需要陪伴，我不想在这样重大的时刻，没有一个人可以帮我见证，帮我记得。

我把手机递给她以后，她看着漆黑的屏幕，什么也没问，看也没看就把手机丢回包里，感觉像丢掉了什么她不再需要的东西，于是放下了。

"你赶紧跳吧，跳之前可以问点问题，问自己，跳完了都会有答案的。"她这么和我说。

直到我站了上去，跳台上那块小小的地方只容得下一个人，稍微移动脚步就能下坠，我做了很久的心理准备，但是站上去的那一刻，还是迟疑了。肉眼完全无法预测的高度，脚下的溪流比鞋带还要细，蜿蜿蜒蜒。我开始不断问自己一个问题，然后一阵风刮过，我抓紧时机就跟着风一起跳下去了，脚下一软，心头一沉，身体急速坠落。

伴着刮疼自己的风，心脏仿佛停止跳动，重重地压在胸腔，眼里快速掠过所有的风景，好像什么都看在眼里，却什么也没有看见。我多希望那一刻能够就这么飞着，攀岩走壁，或者是变成山河，看尽变迁。

而这十几秒的坠落远远不够，接着我开始感受到了脚上的束缚和拉力。这让我的脚踝十分疼痛，也许是那次车祸留下的后遗症，那场我留下，父亲走掉的车祸，那场所有人都说我福大命大的车祸。

我不知道是不是幻觉，那时我仿佛回到了那辆车里，父亲在驾驶座，他转头看我，笑意盈盈。无数个梦里我都没能见到他，现在他出现了，在天地之间，再一次回到了我的身边。于是我着急地问了他那个问题，他的微笑依然和当初那般温暖，曾经相依为命的日子里也毫不倦怠，最后风声变成了那句答案和叹息。

我们都不会孤独很久的，万千花树总有一株会凋零，四季相交总有一季漫长的冬天，缓缓踱步，一定会迎来相携的人，走完剩下的路。


我和魏薇彼此依靠着坐在回程的车上，遥远的陌生城市里，相互支撑。在窗外闪过的风景之间，魏薇问我："下一个地方你要去哪里？"

"回故乡去。"我告诉魏薇说，我住在中国南部的一个小镇，雨水很多，四季如春。家里胡同后面还有个闻名遐迩的寺庙，每日晨钟暮鼓，南方人有信仰，逢年过节香火鼎盛，禅房花木深。我去那里。那里有我最爱的人。

"真羡慕你啊，我还有那么多地方要走，你看。"魏薇摊开一张纸，上面还有六个地方没有打勾，有繁华都市，有大漠荒原，有世界之巅。我低头微笑，她或许还没找到她想找的东西，所以停不下来，我已经见到了想见的人，所以我能回家了。

我突然提起兴致问她，要是今天过去和她说话的人不是我，而是个男性，她怎么办，会不会发展成另一段爱情？她回答我说，异性太难了，你知道，要遇见那个自己觉得有趣的人，同性的几率远远要比异性大了几千万倍。

"所以我遇见的一直都是同性。"她补了一句，就睡过去了。

我无声愣住，拨云见雾，她的他，原来是她。

那是唯独一次，我觉得快跌落的太阳那么动人，满目山河空念远，长日无尽再无尽。在那短暂的下落里，纵身一跃，也像是冲破世俗界限，仿佛谁都不必为谁负累，无须谢罪，就这么潇洒自在，极力欢愉。

而我们没有什么不同。行径交错，他乡故人。到站下车，我和她最终也没有交换联系方式，只捎上一句鼓励，就各自回头，继续向前走。


## 3

我于四天后回到故乡，一切都变得崭新，虽然巷子还是旧的，家里还是那么空旷，邻里还是那些人，但是总是不一样了。仿佛只是我从前没有认真注视过这个地方。走过长途，只差一记修行，我走出蜿蜒的胡同，听着钟声，跨进寺庙的门槛。

寺庙的禅修要遵守的规矩很多，四点就该起床，六点半早饭，十点半午饭，之后是空腹。曲径通幽，空气带着佛香，十分寂静，我坚持的第二天，就已经忘却人事只剩自己。事实上，庙里每天都迎来很多信客，各有各的烦恼，签筒不断响，经纶在转，大概这里的人都希望着，走出去后人心再无困境。

在我打坐的禅房，与我一起的还有一位老人，脸颊瘦削，白发苍苍。每天从早到晚，一动不动，就像入定一样。我最长的极限也只是坚持了两个小时，我不知道他是怎么做到的。我经过他身边，他总念念有词，手指上因为拨动佛珠而有了一圈厚厚的茧。

后来我问住持，那位老人，是不是哪位得道高僧？他没回答我，只说那老人在祈愿，十年如一日。我看到他的坐垫有些褪色，原本的金黄已经泛白，那上面布满了手写的经文。因为什么才能十年如一日？我很诧异，但还是收回心神，保持姿势坐下。

坐禅讲究呼吸，一进一出都要细细感知，那一刻所有的气体都仿佛有了来路。坐在当下，我见到滚烫的日光，冒着热的地面，林立的列树，变形的影子。我听见行僧的脚步，风过的沙响，此起彼伏的鸟叫虫鸣。那天唯独我陪着老人，一直坐到了最后，傍晚夕阳西下，他缓缓地站起来，步履蹒跚，一步步往寺庙外走去。经过楼梯，他一个趔趄，旁边的小和尚及时上前扶住了他，看得人莫名心疼。

我回身看着面前案台上的神龛，雕纹繁复精细，细微处却依旧是一尘不染的，终于，我把它捧出去对住持说："选个良辰吉日，入土为安。"

里面装着父亲的骨灰，很多年了，一直供奉在离家很近的寺庙里。以前的我，对于生母的不管不顾怀带恨意，认为自己是被抛弃的，天道不公。然后是父亲的离开，我不禁怀疑，这再一次的遗弃，于我而言，又是什么。于是孤独和撕心裂肺的无助占据了我所有的生活。

了无期盼的空洞，让我错觉自己一生都没办法圆满。住持听到我的话，有些安慰地点点头说："你懂了。"

"所以放下了。"我接道，他们都在心里，生生不灭，不就圆满了吗？

我回家的那天是个雨天，庙里一片冷清，坐禅室里的那位老人还在那里，那是后来住持才告诉我的。老人家的儿子是个无国界医生，到了一个不太平的国家，后来那边打仗，他儿子便音讯全无。未知生死，于是这老人家就天天来庙里祈福，已近十年了。前几年的时候他还是和老伴一起来的，现在就剩下他自己。

门外扫帚摩擦地面，发出沙沙的响声，老人背对着门口跪在佛像面前，后背没有因为年纪而变得弯曲，依旧笔直硬挺，就像他心里那不曾屈服的希望。那时候我靠在门上，好像听到了他心里一阵阵涤荡的钟声。

后来我每次来到，都会习惯性地走到坐禅室，每每都能见着老人，他如旧的坐垫，如旧地久坐，如旧地守着心里最后一份执着。只为羸弱的希望，只为那远在天边的孩子平安，只为自己睡时安心，醒时安宁。

我庆幸自己因为心中的象牙塔而踏上了去路，最终还能重回故土。我深入浮动的流洋，企及生命之源，一望无际，冲破黑暗。我登高俯瞰过山河，跳过最高的山峰，跳出人心局限，飞越迷惘。我听过钟声在心里敲叩，好像战火纷乱，离人归来。变成疾行的灵药。

十六年前，我十岁，脸上带着对世界的无知与恐惧。你紧紧地拉着我的手说为了我你可以放弃一切，义无反顾，即使当中隔了千难万险。四年前，一场猛烈的车祸，你躺在重症室里，我在病床上，可是等我们都拼尽了所有力气，却还是没有阻挡分离。

我在两百多米的高空跳台，妄想解开脚下的绳子，就这么一路飞奔而去，我在途中遇见了你，问你我会不会永远就这么孤独地活着？你早已模糊了的样子，微笑着给我答案。我在海中释放过一次，在空中死过一回，我走了很久，才回到这里。然后听到寺院的钟声。希望犹在，爱会回来，所以我没什么好怕的了。

往后路途艰险或坦荡，是流离还是彷徨，荒原终究会枕着星河。

我一个人走。

出品 / 上海最世文化发展有限公司
官方网站 / www.zuibook.com
平台支持 / 剧透 ZUI Factor

# 世界上有千百种喜欢

作者　黎琼

ZUI Book
CAST

出品人 / 郭敬明
项目总监 / 痕痕
监　制 / 与其　刘雾
特约策划 / 董鑫　卡卡
特约编辑 / 周子琦　小河
装帧设计 / ZUI Factor（zui@zuifactor.com）
设计师 / 楚婷
内页设计 / 楚婷
封面插画 / 云中
内页摄影 / 裂口　张曼丽

图书在版编目（CIP）数据

世界上有千百种喜欢 / 黎琼著. -- 长沙：湖南文艺出版社，2016.8
ISBN 978-7-5404-7709-7

Ⅰ.①世… Ⅱ.①黎… Ⅲ.①短篇小说 - 小说集 - 中国 - 当代 Ⅳ.①I247.7

中国版本图书馆 CIP 数据核字 (2016) 第 175416 号

**上架建议：畅销·情感故事集**

SHIJIE SHANG YOU QIAN-BAI ZHONG XIHUAN

# 世界上有千百种喜欢

作　　者：黎　琼
出 版 人：刘清华
出 品 人：郭敬明
项目总监：痕　痕
责任编辑：薛　健　刘诗哲
监　　制：与　其　刘　霁
特约策划：董　鑫　卡　卡
特约编辑：周子琦　小　河
营销编辑：杨　帆
装帧设计：ZUI Factor (zui@zuifactor.com)
设 计 师：楚　婷
内页设计：楚　婷
封面插画：云　中
内页摄影：裂　口　张曼丽

出版发行：湖南文艺出版社
　　　　　（长沙市雨花区东二环一段 508 号　邮编：410014）
网　　址：www.hnwy.net
印　　刷：北京京都六环印刷厂
经　　销：新华书店
开　　本：880mm × 1230mm 1/32
字　　数：180 千字
印　　张：6
版　　次：2016 年 8 月第 1 版
印　　次：2016 年 8 月第 1 次印刷
书　　号：ISBN 978-7-5404-7709-7
定　　价：29.80 元

质量监督电话：010-59096394
团购电话：010-59320018